Le gone
du Chaâba

Azouz Begag

Le gone
du Chaâba

roman

Éditions du Seuil

COLLECTION DIRIGÉE PAR NICOLE VIMARD

EN COUVERTURE :
illustration Rozier-Gaudriault.

ISBN 2-02-009050-3.
© Janvier 1986, Éditions du Seuil.

Zidouma fait une lessive ce matin. Elle s'est levée tôt pour occuper le seul point d'eau du bidonville : une pompe manuelle qui tire de l'eau potable du Rhône, l'bomba (la pompe). Dans le petit bassin de briques rouges que Berthier avait conçu pour arroser son jardin, elle tord, frotte et frappe sur le ciment de lourds draps gonflés d'eau.

Courbée à quatre-vingt-dix degrés, elle savonne avec son saboune d'Marsaille, puis actionne une fois, deux fois la pompe pour tirer l'eau. Elle frotte à nouveau, rince, tire l'eau, essore le linge de ses deux bras musclés... Elle n'en finit pas de répéter les opérations. Le temps passe. Elle sait bien qu'au Chaâba il n'y a qu'un seul puits, mais son comportement indique une volonté précise. Elle tient à prendre son temps, beaucoup de temps. Et que quelqu'un s'aventure à lui faire la moindre remarque, il va comprendre sa douleur !

Justement, ce quelqu'un attend à quelques

mètres. C'est la voisine de Zidouma qui habite dans le baraquement collé au sien. Des deux mains, elle tient un seau dans lequel s'amoncellent des draps sales, des vêtements pour enfants, des torchons... Elle patiente, elle patiente... Zidouma, infatigable, ne daigne même pas tourner les yeux, bien qu'elle ait senti depuis quelques minutes déjà une présence dans son dos qui marque des signes d'énervement. Elle ralentit même ses mouvements.

Et la voisine patiente toujours, elle pati... non, elle ne patiente plus. Laissant tomber son seau, elle charge, tel un bouc, sur sa rivale. Le choc est terrible. Les deux femmes s'empoignent dans des cris de guerre sortis du tréfonds des gorges.

Attirées par l'agitation, les autres femmes sortent des baraques. L'une d'elles, qui appartient à l'un des deux clans de la communauté, s'intercale entre les deux belligérantes pour apaiser les esprits. Soi-disant pour calmer la plus nerveuse, elle lui assène un revers de main terrible sur la joue droite. Il n'en faut pas plus à ma mère pour qu'elle se jette dans la mêlée. M'abandonnant à mon café au lait, elle met en mouvement sa solide ossature en maugréant.

Je ne tente pas de la retenir. On ne retient pas un rhinocéros en mouvement. Je finis mon breuvage à la hâte pour aller assister au pugilat. Je ne sais pourquoi, j'aime bien m'asseoir sur les marches d'escalier de la maison et jouir des scènes qui se jouent devant l'bomba et le baissaine (le bassin). C'est si étrange de voir des femmes se battre.

Clan contre clan, derrière les ténors du Chaâba, ma mère et ma tante Zidouma, les femmes s'empoisonnent la vie.

— Qu'Allah te crève les yeux... souhaite l'une.

— J'espère que ta baraque va brûler cette nuit, chienne, et que la mort t'emporte pendant ton sommeil, rétorque l'autre.

Je ne savais pas que les femmes possédaient de telles ressources. Même ma mère... elle n'est pas la dernière au classement. A chaque fois que la guerre éclate, elles se déchirent la peau et les binouars, elles s'arrachent les scalps, elles jettent dans la boue du jardin les draps et le linge tout juste lavés, raclent le fond de leur gorge pour sortir leur mépris le plus expressif et le plus coloré ; elles se lancent même des mauvais sorts. J'aime bien ce théâtre. Un jour même, j'ai vu Zidouma qui faisait un drôle de geste avec sa main en disant à une autre femme qui appartient au clan de ma mère :

— Tiens ! Prends-le celui-là.

Elle montrait sa main droite, dont tous les doigts étaient tendus sauf le majeur, redressé à la perpendiculaire. L'autre a injurié comme un démon avant l'hystérie totale. Elle a relevé sa robe avec sa main gauche, a légèrement incliné son corps vers l'arrière, puis, de la main droite, a baissé sa culotte blanche, format géant. Son sexe à nu, entièrement recouvert par sa main, lui servait d'argument pour la bataille des nerfs.

J'ai trouvé cette cérémonie étrange. Mais l'actrice, en croisant des yeux mon regard explorateur, a caché son jeu. J'ai rougi sans savoir pourquoi.

L'bomba n'est qu'un prétexte. Aucune des femmes ne travaille en réalité et, de l'aube au crépuscule et du crépuscule à l'aube, elles sont scellées aux tôles ondulées et aux planches du bidonville. Pour le nettoyage de la cour, du jardin, des WC, le tour de rôle est peu respecté. Les nerfs flanchent facilement.

Après chaque altercation, les femmes espèrent pouvoir se détester jusqu'à la fin de leur vie, mais, inexorablement, la lumière du jour du lendemain éteint les braises de la veille. Rien ne change par rapport à hier : les baraques sont toujours plantées à la même place, personne ne déménage. Le point d'eau est toujours unique dans l'oasis.

Au Chaâba, on ne peut pas se haïr plus de quelques heures. D'ailleurs, depuis les émeutes qui se sont déroulées devant l'bomba, les femmes disposent en permanence de bidons d'eau dans leur baraque. Elles font leur lessive dans une bassine.

Le soir, quand les hommes rentrent du travail, aucun écho ne leur parvient des incidents qui se produisent pendant leur absence du Chaâba. Les femmes tiennent leur langue, car elles se disent qu'en dépit des conditions de vie difficiles elles ne gagneront rien à semer la discorde entre les hommes.

Vu du haut du remblai qui le surplombe ou bien lorsqu'on franchit la grande porte en bois de l'entrée principale, on se croirait dans une menuiserie. Des baraquements ont poussé côté jardin, en face de la maison. La grande allée centrale, à moitié cimentée, cahoteuse, sépare à présent deux gigantesques tas de tôles et de planches qui pendent et s'enfuient dans tous les sens. Au bout de l'allée, la guérite des WC semble bien isolée. La maison de béton d'origine, celle dans laquelle j'habite, ne parvient plus à émerger de cette géométrie désordonnée. Les baraquements s'agglutinent, s'agrippent les uns aux autres, tout autour d'elle. Un coup de vent brutal pourrait tout balayer d'une seule gifle. Cette masse informe s'harmonise parfaitement aux remblais qui l'encerclent.

Bouzid a fini sa journée de travail. Comme à l'accoutumée, il s'assied sur sa marche d'escalier, sort de sa poche une boîte de chemma, la prend dans le creux de sa main gauche et l'ouvre. Avec trois doigts, il ramasse une boulette de tabac à priser, la malaxe pendant un moment et, ouvrant la bouche comme s'il était chez le dentiste, fourgue sa chique entre ses molaires et sa joue. Il referme la bouche et la boîte, puis balaie de son regard interrogateur l'amoncellement de huttes qu'il a laissées s'ériger là. Comment refuser l'hospitalité à tous ces proches d'El-Ouricia qui ont fui la misère algérienne ?

Il y a peu de temps, les hommes du Chaâba ont creusé un énorme trou dans le jardin destiné à recevoir un gros bidon de fuel domestique, ouvert à une extrémité. Autour de cette cuve, un abri en planches a été édifié. Le bidonville a maintenant son installation sanitaire.

Aujourd'hui, la cuve a débordé. Bouzid, perplexe devant l'éruption nauséabonde, maudit à haute voix les maladroits qui laissent tomber leur surplus sur les marchepieds en bois. Ce n'est pas la première fois qu'il constate un tel laisser-couler. Des mouches vertes et bruyantes, grosses comme des moineaux, envahissent la cabane en chantant. Bouzid et son frère Saïd enroulent des morceaux de chiffon autour de leurs mains, passent des mouchoirs sur leur nez et leur bouche, qu'ils nouent derrière la tête. A grand-peine, ils soulèvent l'horrible cuve. Derrière les mouchoirs, les visages se crispent. Accompagnés des colonies de mouches, ils se dirigent vers le remblai pour la déverser dans un autre trou. Sur leur passage, les gamins s'exercent à jeter des pierres dans la mare de lave encore chaude. De retour, ils creusent un nouveau trou dans un coin encore vierge du jardin. Les mouches-moineaux attendent de nouveau matière à jouissance.

A 6 heures, le Chaâba est déjà noyé dans l'obscurité. Dans les baraques, les gens ont allumé les lampes à pétrole. Une nouvelle nuit commence. Mon frère Moustaf est allongé sur le lit des parents, absorbé par un *Blek le Roc*. Aïcha, Zohra et Fatia vaquent à la cuisine avec ma mère. Au menu de ce soir : poivrons grillés sur le feu de la cuisinière. La fumée a déjà envahi toutes les pièces. J'écoute le hit-parade à la radio. Et je sens progressivement que, si j'allais aux WC, ça ne me ferait pas de mal. Mais il faut résister, il le faut. Retiens ton souffle. Allez, un effort ! Ça passe. Non, ça revient. Résiste. Il le faut. Pourquoi ? Lorsqu'il fait noir, je sais qu'il ne faut pas aller aux toilettes, ça porte malheur, et puis c'est là que l'on trouve les djoun, les esprits malins. Ma mère m'a dit qu'ils adorent les endroits sales. Il ne faut pas que j'aille là-bas maintenant. Non, je n'ai pas peur, mais on ne joue pas avec des croyances comme celle-là. Avec mes deux mains, je serre vigoureusement mon ventre pour faire un garrot à mes intestins. Trop tard. Le barrage cède. Je regarde autour de moi, implorant du regard une âme compréhensive qui pourrait m'accompagner. C'est peine perdue. Moustaf va encore me narguer comme à son habitude. Et les filles ? Les filles... non, je ne peux pas leur demander un tel service. Pas à des femmes. Tant pis, je suis seul. Dans mes conduites, c'est la panique. La dernière vanne va elle aussi craquer sous la pression. La lampe électrique ? Où est la lampe électrique ?

— Zohra ! Où est l'lamba ? lançai-je d'une voix trébuchante.

Laisse tomber la lampe, le temps presse. Je sors. En une fraction de seconde, je parcours les quelques mètres qui séparent la maison des bitelma. Mon pantalon est déjà tombé en accordéon sur mes sandales. Je tire la lourde porte en bois qui a l'air de très mal supporter ses charnières. Personne ne s'est manifesté. L'antre est donc libre.

Dans une obscurité à peu près totale, je m'accroupis au-dessus de la cuve. Ma chaussure gauche a écrasé les restes d'un maladroit. Qu'à cela ne tienne, mon esprit s'apaise. Le fleuve peut s'écouler en toute quiétude. Je pousse malgré tout comme un forcené sur mon ventre pour hâter la besogne.

Soudain, un bruit plus perceptible que tous les autres, qui me font sans cesse sursauter depuis quelques minutes, déchire le silence nocturne du Chaâba. Affolées, mes oreilles se dressent. Le bruit régulier se précise et s'amplifie. Des pas... Oui, ce sont des pas. Ils se rapprochent de moi. Un frisson m'envahit et fait craqueler ma peau. La porte, que je n'ai pas fermée pour pouvoir bondir dehors en cas d'attaque des djoun, s'ouvre brutalement. Aussitôt, je porte les mains à mon pantalon pour le relever sans penser à dire le rituel : « Y a quelqu'un ! » Une ombre esquisse un geste rapide. Un liquide tiède me noie le visage, inonde ma bouche. Ça sent la pisse. C'est de la pisse ! Je pousse un cri étouffé. Ali, mon oncle, vient de me vider son pot de chambre en pleine face. Aussi surpris que moi, il m'aide à me relever sans même que j'aie le temps de prononcer le moindre mot. Il rit à pleines dents tandis que je tente d'essorer ma chemise dégoulinante. Il me porte à l'intérieur de la maison. Moustaf saute du lit, inquiet. Ma mère et mes sœurs accourent, affolées. Ali les rassure et chacun s'abandonne au rire. La bouche béante, les yeux ronds et luisants telles des perles, ma mère met en branle toute sa rondeur de femme maghrébine. Enfin, lorsque les secousses de son corps se sont apaisées, elle tire de derrière la cuisinière la grosse bassine verte et écaillée qui sert de baignoire à notre famille. Avec un gant de crin, elle frotte vigoureusement mon corps. Dans la cuisine, Aïcha remet de l'eau à bouillir.

Maintenant, je sais deux choses. Premièrement, il ne faut plus aller aux WC la nuit. Deuxièmement, il est préférable pour un homme comme moi de sortir de l'enceinte des baraquements pour trouver un coin tranquille. La région offre de nombreux sites naturels, et d'ailleurs, au Chaâba, seules les femmes utilisent les WC intérieurs. Les hommes vont se cacher derrière les buissons ou bien entre deux peupliers. Régulièrement, j'en vois s'enfoncer discrètement dans la forêt tenant à la main une boîte de conserve en fer-blanc pleine d'eau. Chez nous, on garde le papier pour faire du feu.

Ma mère finit de me frictionner avec de l'eau d'colonne, celle qu'elle dissimule jalousement dans l'armoire, pour n'en user qu'à l'occasion des grands événements. Pour cette fois, urgence oblige. Enroulé dans une couverture, elle me porte dans ses bras et me dépose sur le grand lit, à côté de Moustaf qui a repris sa lecture. Avant de retourner à la cuisine, sa tête fait une rotation brutale du côté de la fenêtre. Elle vient d'entendre la voix grave de son mari. C'est un signe. A chaque fois que Bouzid rentre à la maison avec un invité sans que sa femme ait été avertie, il parle fort pour qu'elle ait le temps de préparer l'accueil. Alors, Messaouda enregistre le message. Elle s'empare de la bassine pleine d'eau sale et la glisse sans ménagement sous le lit ; elle range les chaises sous la table en ôtant son tablier et en réajustant les énormes taies d'oreillers brodées main qui ornent le lit. Elle s'apprête à ouvrir la porte aux deux hommes. Je la questionne sur l'invité que le père amène si tard dans la nuit.

— C'est Berthier, me dit-elle, l'ancien propriétaire de la maison.

Les deux hommes ont veillé tard dans la nuit, ressassant dans des éclats de rire bruyants les souvenirs de leur première rencontre dans l'entreprise de maçonnerie de la rue Grand-Bandit (Garibaldi). J'ai écouté malgré moi tous les détails de leur histoire, impressionné par la capacité du Français à comprendre et traduire les paroles de mon père. Dieu que la nuit a été courte !

Me suis-je lavé le visage, ce matin ? Ai-je au moins passé mon pantalon ? Je porte les mains sur mes cuisses. Tout est en ordre, je ne suis pas sorti nu. Je peux continuer à marcher sur le chemin de l'école, avec les gones du Chaâba.

Et mon père qui s'est réveillé à 5 heures ce matin ! A-t-il pu guider sa Mobylette jusqu'à son chantier ? Pourquoi n'a-t-il pas fait comprendre au vieux Berthier que lui travaillait toujours, qu'il avait besoin de sommeil, qu'il voulait qu'il s'en

Ah ! sacro-saintes lois de l'hospitalité !

Pendant que je plains mon pauvre père, Rabah passe devant moi, en courant.

— Halte ! Arrêtez-vous tous ! J'ai un truc à vous montrer.

Le convoi stoppe.

— Vous savez pas comment on fait pour embrasser une femme ?

La foule, peu experte en la matière, reste muette, tandis que Moustaf tente de réagir, sans conviction :

— Moi je sais. On se touche les bouches.

— Non, c'est pas ça, rétorque le cousin. Y a que moi qui sais. Vous voulez le savoir ?

Aucune réaction.

— Vous voulez pas le savoir ? Eh ben, vous l'saurez pas !

Il fait quelques pas en avant et nous fait face à nouveau.

— J'vais vous le dire quand même. Eh ben, on ouvre la bouche et on met la langue dans la bouche de la femme ! Voilà !

Aucune réaction.

— On se touche les langues, quoi ! C'est pas dur. On fait comme ça.

Ouvrant les bras comme s'il tenait une femme, il penche la tête à droite et, de sa bouche fine, il sort une langue pointue et lui fait faire des grimaces dans tous les sens.

Quelle étrange pratique ! Ils sont vraiment fous ces Romains. Heureusement qu'ils ne chiquent pas les boulettes de chemma. Le cours de Rabah a figé tout le monde. Le moniteur a senti la perplexité de l'auditoire, alors il s'approche de Saïda pour passer aux travaux dirigés.

— Bouge pas, Saïda. On va leur montrer comment les Français s'embrassent.

Surprise, puis déroutée, elle fait une volte-face instantanée, abandonne son cartable dans un buisson et s'enfuit, les jambes à son cou, chez elle. Je n'ai pas compris ce qui s'est passé, mais je ris à pleines dents en regardant Rabah s'esclaffer.

Le convoi redémarre.

Saïda est loin maintenant, mais elle se retourne quand même et, les deux mains collées à la bouche en haut-parleur, elle menace :

— Salaud ! Je vais tout rapporter à ton père et à ta mère.

Le cousin redouble de rire. Et tout le monde rit. La fatigue de la mauvaise nuit a presque disparu.

Rabah se rapproche alors de mon frère.

— Tu savais pas, toi, comment on embrasse une femme ? !

— Non. Et toi, qui c'est qui te l'a dit ?

— Au marché... C'est au marché que j'ai appris ça. Et pis d'abord, y a pas que ça. Pourquoi tu viens pas travailler avec moi les jeudis et les dimanches matin ?

— Mon père, y veut pas qu'on aille travailler au marché...

— Tu t'en fous de ton père. Moi j'ai rien demandé chez moi !

— Ouais, mais chez toi c'est pas pareil que chez moi...

— Tu fais ce que tu veux. Mais si tu veux gagner des ronds... et apprendre à embrasser les femmes sur la bouche avec la langue, tu devrais venir.

Au marché de Villeurbanne, où il allait souvent flâner ces derniers jours, Rabah a trouvé du travail chez un patron. Il installe son étalage, charge et décharge la marchandise de la voiture et, parfois, vend avec lui.

— Combien tu gagnes ? questionne Moustaf.

— 1 franc 50 par matinée... sans compter les fruits et les légumes qu'il me donne à la fin du marché, ceux qui sont pourris et qu'il n'a pas pu vendre... mais ils sont pas pourris. Moi je les ramène à la maison.

Moustaf le sait bien. Combien de fois déjà a-t-il vu son cousin rentrer au Chaâba, les bras encombrés de sacs de fruits et légumes, faire le tour des baraques et distribuer ici et là bananes, pommes de terre, mirabelles, oignons ?

— Ma mère, elle aime pas quand je donne de la marchandise à tout le monde. Elle dit qu'il faut tout garder à la maison, pour nous. Mais il y en a trop, et il faut manger tout de suite, autrement ça s'abîme, dit-il.

Zidouma n'apprécie pas le trop-plein de générosité dont fait preuve son fils aîné. Elle a déjà tenté de freiner cette impétuosité, en vain.

Moustaf ne dit plus rien. Il est pensif.

Depuis quelques jours, l'activité lucrative de Rabah a fait naître des idées nouvelles auprès des mères de famille. Des pièces de monnaie et des fruits et légumes, même trop cuits, valent mieux que de supporter les gones du Chaâba pendant toute une matinée.

A la maison, ma mère ne parle plus que de marchés. Elle veut faire de nous des commerçants à tout prix.

— Vous n'avez pas honte, fainéants ? Regardez Rabah : lui au moins il rapporte de l'argent et des légumes chez lui. Et vous, qu'est-ce que vous

21

m'apportez lorsque vous restez collés à mon binouar toute la journée ? Que du moufissa (mauvais sang)... Oh Allah ! pourquoi m'as-tu donné des idiots pareils ? gémit-elle à longueur de journée.

L'idée de vendre des olives les jours où il n'y a pas d'école ne m'enthousiasme pas du tout. D'ailleurs, mon père nous a déjà interdit d'aller travailler au marché. Il a dit :

— Je préfère que vous travailliez à l'école. Moi je vais à l'usine pour vous, je me crèverai s'il le faut, mais je ne veux pas que vous soyez ce que je suis, un pauvre travailleur. Si vous manquez d'argent, je vous en donnerai, mais je ne veux pas entendre parler de marché.

J'étais entièrement d'accord avec lui.

Avant que je m'enfouisse sous ma couverture, Moustaf est venu me voir.

— Demain matin, tu viendras avec moi, on ira au marché avec Rabah et ses frères. Elle a raison, la maman, y a pas de raison qu'on ne travaille pas, nous aussi.

— Moi j'ai pas envie d'y aller !

— T'as pas envie d'y aller... t'as pas envie d'y aller... Tu te prends pour un bébé, peut-être ? Tu viendras avec moi et c'est tout.

Sur cette dernière invitation, il retourne dans son lit. Bien décidé à rester sur ma position, je ne tarde pas à m'endormir.

— Allez, réveille-toi. C'est 6 heures !

Non, ce n'est pas un cauchemar. Moustaf est bien en train de m'envoyer de grandes tapes sur l'épaule. Il me découvre entièrement et rejette ma chaude couverture à mes pieds. Je n'ai pas la force de résister à cette torture et, plutôt que de continuer à subir ses assauts, je préfère me lever sans dire un mot. Un coup d'œil sur le réveil : 6 heures moins cinq. C'est bien la première fois que je subis un tel affront. Ma mère nous a déjà préparé du café au lait et des grains de couscous que je verse machinalement dans mon bol. Je n'ai guère le temps d'apprécier mon petit déjeuner favori.

Elle est fière de nous et nous encourage :

— C'est comme ça qu'il faut faire, mes enfants. Montrez que les fils de Bouzid sont débrouillards, eux aussi.

Heureusement qu'il y a la vogue, les manèges, les barbes à papa que je vais pouvoir m'envoyer au palais... Sinon, je n'aurais jamais pris mon petit déjeuner si tôt !

6 heures et quart. J'ai juste eu le temps de me passer un peu d'eau sur le visage qu'il faut déjà sortir. Le jour commence à peine à pointer le bout

de son nez. L'air est frais et glace très vite ma peau fine et fragile. Sur le boulevard de ceinture, de l'autre côté du jardin, des néons orange éclairent la voie aux rares voitures qui circulent.

A travers les planches de quelques baraques, de minces filets de lumière filtrent. Les hommes se préparent à la journée de travail.

— Mais qu'est-ce que vous foutez? Il est déjà 6 h 20, nous lance Rabah qui attend devant notre porte avec ses deux frères.

Même Hacène est là, debout sur ses jambes mais les yeux fermés. Il a dû sortir de son lit à cause des coups de balai de sa mère... mais il n'est pas encore sorti de son sommeil.

Nos mères ont certainement dû se concerter hier soir.

— Allez, on y va, commande Rabah.

— Et Ali? intervient Moustaf, il voulait venir aussi.

— Tant pis pour lui. Nous, on part, conclut Rabah.

Tant pis pour lui. Ali ne fera pas partie de la bande des nouveaux riches. Les travailleurs-commerçants démarrent.

Après avoir longé le remblai où l'herbe et les buissons plient encore sous le poids de la rosée, nous nous engageons dans l'avenue Monin qui sépare ici et là des villas. A travers leurs volets clos, aucune lueur ne perce. Tout le monde dort, ici.

Rabah tire de sa poche un paquet de cigarettes et en coince une entre ses lèvres. Je ne savais pas qu'il fumait. Il explique la démarche à suivre lorsque nous arriverons sur le lieu d'embauche.

— Vous attendez qu'un marchand arrive à une place avec sa camionnette. Dès qu'il commence à installer ses étalages, vous allez vers lui et vous lui dites : « Y a d'l'embauche, m'sieur, s'il vous plaît ? » C'est simple.

« Y a d'l'embauche, m'sieur, s'il vous plaît ? » En voilà une phrase ridicule. Je ne me sens pas assez d'audace pour prononcer de tels mots.

7 heures moins le quart. Nous arrivons sur la place du marché. Nous avons marché très vite pour arriver avant les patrons et, d'ailleurs, quelques-uns sont déjà à pied d'œuvre devant leur étalage. D'autres s'activent à monter leurs tréteaux.

Nous sommes tous groupés au milieu de la place, les yeux braqués comme des projecteurs sur tous les véhicules qui s'approchent. Rabah aperçoit son patron, court le saluer et revient quelques minutes vers nous pour nous encourager.

— Qu'est-ce que vous attendez ? Il faut aller demander... C'est pas eux qui vont venir vous chercher, dit-il en ayant l'air de nous plaindre.

A l'un de ses frères, qu'il pousse par l'épaule :

— Tiens, toi, va demander au gros là-bas.

Il s'exécute. Nous observons tous la manœuvre, attentifs, anxieux. Ça marche. Un de placé.

25

Finalement, tous les autres ont trouvé du travail. Je me retrouve seul au milieu de la place, grelottant de froid et d'angoisse. J'ai honte de dire : « Y a d'l'embauche, m'sieur, s'il vous plaît ? » Les minutes défilent et maintenant les marchands arrivent de toutes parts, noircissant les espaces libres de l'échiquier de fruits et légumes.

Là-bas, sur la gauche, je regarde Moustaf décharger des cagettes de poires d'une 2 CV camionnette. J'ai envie de pleurer. Avec le bras et les yeux, il me fait signe de m'activer le train. Que faire ? Rentrer au Chaâba et refaire un petit déjeuner avec respect ? Non. Ma mère n'appréciera pas.

Je m'approche vers un couple de vieux qui courbent l'échine sous le poids de leurs cartons. J'ouvre la bouche :

— Y a d'l'embauche, m'sieur, s'il vous plaît ?

— Non, merci mon p'tit. On est déjà deux, c'est suffisant, me répond l'homme sans se retourner.

Échec cuisant. Rouge de honte, je retourne vers Moustaf pour lui signifier que je n'ai plus envie de demander d'l'embauche. Il refuse ma démission et me désigne aussitôt un autre marchand qui décharge sa voiture.

— Tiens, regarde-le, lui, là-bas. Tu vois bien qu'il est tout seul. Allez, vas-y. Du courage, bon Dieu ! Autrement il va être trop tard, bientôt. Allez, cours. Respire un bon coup !

Je m'approche à petits pas de l'homme qui vient d'arriver. Il est en retard et fait des gestes très rapides, sans me voir. J'essaie de me mettre à sa portée et lui lance mon mot de passe rituel. Il tourne la tête dans ma direction, une ou deux secondes, et se replonge dans sa besogne. Enfin, il parle :

— C'est trop tard, bonhomme, j'ai bientôt fini pour aujourd'hui. Regarde, je n'ai plus que quelques cagettes à décharger... Mais repasse à midi, si tu veux.

— A midi ? D'accord... Merci beaucoup, m'sieur. Merci beaucoup. Je serai là à midi.

Résigné, je cours annoncer les clauses de mon contrat à Moustaf qui travaille maintenant d'arrache-pied. Je lui demande l'autorisation de rentrer à la maison en attendant midi, mais il me dit que c'est trop loin :

— Tu vas rester par là et attendre midi. Ça ne sert à rien de rentrer au Chaâba puisque tu vas revenir.

— Bon, alors je vais faire un tour dans le marché.

Les mains plongées dans les poches, mon col déroulé jusqu'au menton, je déambule entre les étalages recouverts de parasols multiformes, qui présentent dans un désordre organisé une variété impressionnante de fruits et légumes colorant la place du marché d'une dominante vert et jaune. Le marchand de pain et le marchand de jouets sont côte à côte.

Plus loin, le poissonnier ajoute son haleine aux fortes odeurs que dégage son gagne-pain. Autour de lui, de nombreuses femmes se pressent. Je remonte mon col roulé au-dessus de mon nez pour échapper aux vapeurs du poisson, et poursuis mon chemin en me frayant difficilement un passage à travers les sacs, les chariots et les chiens en laisse.

Tiens ! Hacène le dormeur, derrière son stand. Ses yeux sont vifs à présent. Il sourit en me voyant, sans oser m'adresser le moindre mot, sans doute à cause de son patron. Je lui rends son sourire. Quelques mètres plus loin, je devine la voix de Rabah, plus puissante que toutes les autres :

— Achetez mes mirabelles, vous aurez les cuisses bien belles ! Achtez mes mirabelles !

C'est son employeur qui lui commande de crier cette phrase étrange. Je m'approche de lui pour lui apprendre ma déception.

— Mais y en a un qui m'a dit de revenir à midi.

— Écoute. Regarde à côté, sur ma droite. Tu vois la petite vieille qui vend des salades : la semaine dernière, elle avait un jeune avec elle qui n'est pas revenu aujourd'hui. T'as qu'à y aller, elle te prendra sûrement.

La petite vieille est effectivement bien vieille et ses jambes ne parviennent plus à la traîner. Même son tablier semble trop lourd pour elle. Elle accepte de m'embaucher immédiatement mais à une condition :

— Je peux te donner 50 centimes seulement.

— D'accord, m'dame ! lui dis-je de ma voix la plus douce, trop heureux de trouver un employeur.

On ne fait pas la fine bouche pour son premier emploi.

Jusqu'à midi, l'heure de la fin du marché, la pauvre petite dame n'a vendu que la moitié de son stock de salades. Ce n'est pas pour autant qu'elle m'en a offert ! Je l'ai aidée à plier son étal et à remettre la marchandise dans sa voiture. Lorsque nous avons fini, elle m'a tendu au creux de sa main usée trois pièces qui faisaient 50 centimes. J'ai à peine osé les accepter.

J'ai rejoint Moustaf et les autres. Ils m'ont nargué tout au long du retour au Chaâba avec ma vieille des salades à 50 centimes. J'étais riche, et c'est surtout cela qui importait.

Le jeudi suivant, je suis retourné sans conviction au marché. J'ai retrouvé ma vieille des salades à 50 centimes et elle n'avait pas augmenté le niveau de ses salaires.

Aujourd'hui, j'ai dit non. Un non tellement catégorique que Moustaf a senti qu'il ne pourrait pas me bouger du lit. Alors il est parti sans moi avec les autres travailleurs et j'ai poursuivi ma douce nuit.

8 heures. Depuis des minutes interminables, ma mère ne cesse de s'agiter dans les quatre coins de la pièce, encombrée d'un balai, de chiffons, d'éponges, de bidons pleins d'eau. Elle grommelle. Je me lève, aidé par un rayon de lumière qui chauffe le lino de la chambre.

Mon petit déjeuner n'est pas prêt, mais je ne m'en plains pas. Je me prépare sur la cuisinière un plantureux couscous-café au lait. Ma mère me bouscule en infiltrant son balai entre mes jambes.

— Pousse-toi ! Ah ! mais qu'est-ce que tu fais toujours fourré dans mes pattes ?

J'ai compris. Elle n'a pas apprécié mon abandon de poste au marché. Il vaut mieux que j'aille finir ma pâtée sur le perron de la cuisine. D'ailleurs, il fait beau. Un petit déjeuner sur la terrasse ensoleillée pour commencer la dure journée de repos qui s'annonce ne fera de mal à personne.

— C'est ça ! Va donc manger dehors avec la chèvre et les lapins ! Eux, au moins, ils servent à quelque chose...

En guise de réponse, je sors ma grosse langue de sa cachette et la dirige dans sa direction, pointue, odieuse, effrontée, en poussant un beuglement.

— Fils de démon ! me lance-t-elle en jetant sa serpillière souillée à l'endroit où je me tiens.

— Je vais dire à Abboué que tu as dit que c'était un démon, quand il rentrera.

Elle rugit de plus belle.

— Ah ! Satan, tu ne l'emporteras pas au paradis !

— Sûrement pas !

— Finiane !

— Oui. Fainéant et fier de l'être. Et d'abord, je vais dire à Abboué que tu veux nous envoyer au marché.

Je lui pousse un bêlement.

Tandis qu'elle se remet à son œuvre, traumatisée par ma menace, je laisse mon bol sur le rebord de la fenêtre et sors vers le remblai. Je me sens bien.

Je pose mon séant sur un amas de briques rouges qui servent habituellement d'enclume, laisse aller mon dos contre le mur du jardin. Mon regard s'enfuit dans l'immense bois qui sépare le Chaâba des rives du Rhône. Ça vaut largement une matinée de salades à 50 centimes.

— Salut, Azouz ! T'es déjà réveillé ? interroge Hacène, l'un des frères de Rabah.

— Non. Je dors encore. Et toi, t'es pas allé au marché avec ton frère ?

— Non !

Avec sa manche, il essaie de freiner une coulée de lave gluante qui s'échappe de son nez. Là. Ça y est. L'hémorragie nasale arrêtée, il poursuit :

— La dernière fois, mon patron m'a dit qu'il

n'avait plus besoin de moi. Je crois que c'est parce qu'il m'a vu voler cette cagette de fruits.

— Qu'est-ce qu'on fait ? On va dans la forêt ?

Enjambant les barbelés, nous nous engouffrons au milieu des arbres dix fois plus hauts que nos baraques, touffus encore plus que nos cheveux. Encore qu'Hacène a plutôt la tête d'un Gaouri avec sa chevelure claire et ses yeux bleutés...

Des lianes pendent aux cimes, s'enroulent autour des troncs et viennent mourir sur le sol gonflé par les racines.

Mon équipier se baisse, en brise un bout et le porte à sa bouche. De sa poche, il tire un grattoir, une allumette, allume sa tige et aspire comme s'il était essoufflé. Le bois rougit à la pointe.

— Tiens, fume !

— Non. J'en veux pas.

— Goûte, au moins.

— Non, j'te dis. Laisse-moi, avec ton bois fumant !

Nous poursuivons notre chemin, abandonnant sur nos traces l'odeur de fumée des lianes.

— Ça pue, ton bois. T'as pas intérêt de fumer ça dans la cabane !

Assise sagement dans l'entrejambe d'un puissant chêne, la cabane est toujours là malgré son apparence frêle.

Les jours sans école, j'y passe des heures entières, avec les autres gones. Les filles sont venues une fois pour faire le ménage, mais quand elles ont compris qu'on voulait jouer au papa et à la maman, elles ont refusé de s'allonger sur les cartons. Depuis, dans la cabane, nous ne faisons plus rien. Nous parlons seulement, des heures durant, mais on y est bien.

Dans leur hutte à eux, nos parents ne s'inquiètent pas pendant ce temps. D'ailleurs, je suggère à Hacène :

— Et si on allait chercher nos affaires pour rester là aujourd'hui ?

Il acquiesce et nous retournons d'un pas rapide au Chaâba.

Dans la maison, ma mère n'a pas fini de briquer. Elle a oublié mon geste langue-oureux de tout à l'heure. Je me glisse dans la cuisine, sans oublier, avant, de nettoyer mes chaussures boueuses sur la serpillière posée par terre, et j'ouvre la porte du placard. J'enroule mon casse-croûte dans un morceau de papier journal et l'attache à ma ceinture. L'idée de manger des herbes et des racines pour faire authentique ne m'enthousiasme guère, alors j'ai pris trois morceaux de sucre et de la mie de pain en grande quantité.

Je rejoins Hacène à l'orée de la forêt. Sa mère, en guise de casse-croûte, lui a envoyé ses cinq doigts charnus sur la joue, en le traitant de bouariane (bon à rien). Je le rassure :

— A midi, on partagera mes sucres, et puis on va chasser. Tu verras, on ne mourra pas de faim.

Assis en tailleur à l'intérieur de la cabane, il me fait la conversation, tandis que je fabrique des flèches avec du bois vert au bout duquel je fixe les plumes que j'ai récupérées sur les porte-plume à l'école.

Nous sommes prêts pour la chasse, arcs en bandoulière.

— On va d'abord manger le casse-croûte ! On ne sait jamais... au cas où on ne chope rien à la chasse.

Il paraît rassuré. A chaque fois qu'il plante ses dents dans le sucre pour le briser, c'est comme s'il s'acharnait sur la carcasse d'un sanglier tout juste abattu dans la forêt sauvage. Je l'imite.

Quelques minutes après, prenant garde à ne pas marcher sur le bois mort, nous glissons entre les arbres et les buissons à la recherche de gibier.

Au bout de quelques pas, Hacène perd patience :

— Y a rien par ici. Je vais rentrer à la maison.

— Non, attends encore. Et puis d'abord tu fais trop de bruit. C'est pour ça que les animaux sont partis.

Nous ne voyons toujours pas grand-chose à mettre en joue. Pas de lapins, de sangliers, de renards, de biches ; seulement de paisibles oiseaux que nos accoutrements font certainement rire.

— Regarde, là... un pigeon !

J'observe en ouvrant grand les yeux. Je m'exaspère devant l'ignorance de mon collègue chasseur :

— C'est pas un pigeon, c'est un rouge-gorge. Faut pas tuer ces oiseaux, y sont pas bons à manger.

Nous parvenons à une clairière baignée par un rayon de soleil qui transperce l'épaisse chevelure des arbres.

— Bon, maintenant on va cacher nos armes dans ce buisson et on va chasser avec le tamis.

Perplexe, il me regarde œuvrer. Je construis à la hâte un rectangle avec quatre morceaux de bois et le recouvre avec un filet. Je fais reposer le système sur un des petits côtés et, à l'autre extrémité, je le maintiens en l'air avec un bout de bois qui s'appuie sur le sol. C'est comme une gueule ouverte que je peux refermer grâce à une longue corde attachée au petit bout de bois qui maintient le piège ouvert.

La prison est prête à l'accueil.

J'éparpille les miettes de pain que j'ai épargnées, au centre, pour attirer les oiseaux.

Caché derrière un énorme chêne à quelques mètres, la cordelette dans la main, j'attends qu'un amateur de mie de pain se présente.

Hacène jubile en apercevant un chardonneret picorer mon aubaine. Je lui commande, d'un signe, de contenir son ardeur. L'oiseau est à présent en plein centre du tamis. Je tire brusquement sur la corde : terminé ! Nous courons vers le piège. L'oiseau ne bouge pas, surpris. Il faut maintenant relever le tamis et saisir l'animal à pleine main. Je propose :

— Moi je vais lever le piège et toi tu empoigneras l'oiseau.

— T'es pas fou ! On va faire le contraire, se défend-il.

— T'as peur !

— Toi aussi.

— Bon, alors laisse tomber, je vais le prendre tout seul, l'oiseau. Mais quand il sera cuit, tu mangeras les plumes et les pattes, d'accord ?

Il reste muet. Mes mains tremblent lorsque je soulève le tamis et, dans un bruissement d'ailes qui me fait frissonner tout le corps, la victime réussit à se dégager de sa prison et s'en va rejoindre le royaume des cieux en nous narguant. D'une voix méchante, j'accuse :

— Voilà, c'est de ta faute, peureux !

Il se défend encore :

— Tu avais encore plus peur que moi.

— Bon, ben ça suffit comme ça, on rentre. Tu m'énerves. Et puis d'abord, je ne viendrai plus jamais chasser avec toi.

En accélérant le pas pour éviter la compagnie du peureux, je rentre au Chaâba avec, dans le ventre, un seul carré de sucre enrobé de mie de pain.

Au fur et à mesure que je m'approche des

baraquements, les signes d'une agitation anormale se précisent.

Écartant des ronces, je me penche pour me faufiler entre deux fils de fer barbelés et débouche sur le terre-plein qui fait face au bidonville. Il règne un branle-bas de combat extraordinaire. Des gamins courent dans toutes les directions, rentrent chez eux, en ressortent aussi sec, d'autres tapent dans leurs mains, font des bonds sur place ; les plus petits pleurent dans les bras de leurs sœurs ; quelques mères pointent leur nez dehors pour deviner la cause de cette effervescence.

En dirigeant mon regard de l'autre côté du remblai, je comprends ce dont il s'agit. Encombrant le petit chemin de son nez de fer immense, il avance à très faible allure comme un dessert : un camion de poubelles majestueux, plein aux as, débordant de trésors de tous côtés.

L'alerte a été donnée très tôt ; il faut que je réagisse vite. Je cours chez moi déposer mon arc. Au passage, ma mère me lance :

— Vite ! Tes frères sont déjà partis.

A peine ai-je le temps de ressortir que le coffre-fort ambulant parvient à la hauteur des baraques et s'engage dans le chemin caillouteux qui conduit au Rhône. Les gamins courent derrière lui pour le prendre d'assaut. Les plus audacieux et les plus habiles s'agrippent à la benne pour arriver les premiers sur les lieux du déchargement. Les plus petits tentent de les imiter, s'affalent par terre, se remettent à courir en titubant. D'autres sont littéralement piétinés par une horde déchaînée. Tant pis pour eux : à chacun sa chance, mais heureusement que le camion est obligé de rouler à une allure modérée.

Nous arrivons sur les berges du fleuve. Le camion fait marche arrière et commence son déchargement sous nos regards avides. A peine le dernier bout de papier vient-il de glisser de la benne que tout le monde s'empresse de se jeter sur quelques mètres carrés d'immondices immédiatement décrétés propriété privée :

— C'est mon coin ! proclame Rabah en écartant les bras, les mains grandes ouvertes comme pour visualiser l'espace retenu.

— Tout ça c'est à moi ! je poursuis d'une voix autoritaire.

Et la fouille minutieuse commence. Les manches retroussées jusqu'aux épaules et le pantalon jusqu'au nombril, j'exhume du tas d'ordures des vêtements, de vieilles paires de chaussures, des jouets surtout, des bouteilles, des bouquins, des illustrés, des cahiers à moitié écrits, des ficelles, des assiettes, des couverts...

En tirant vigoureusement sur un pneu de vélo que plusieurs cartons recouvraient, ma main s'écorche sur une boîte de conserve éventrée. A quelques mètres, Rabah aperçoit ma blessure et me crie que je vais mourir de la maladie des remblais si je ne rentre pas chez moi pour recevoir des soins. Je devine qu'il veut s'approprier mon coin. Aussi rien n'y fait : je reste sur mon trésor.

Rabah sourit puis éclate de rire en constatant que je n'ai pas marché dans son jeu. Bon joueur, il me tend un paquet de biscuits qu'il vient d'extorquer à des piles de vieux livres. Pause : je casse une croûte sur le chantier.

Au bas du tas de saletés, Moustaf se roule dans les immondices, accrochant par les cheveux quelqu'un dont je ne parviens pas à voir le visage. Ils se battent. Certainement pour une violation du droit de propriété ! Autour d'eux, les autres poursuivent leurs recherches sans détourner le regard.

L'un des petits frères de Rabah, constatant l'épuisement de son butin, s'approche de mes frontières. Je l'avertis :

— Arrête-toi où tu es. C'est chez moi après !

Il obtempère. Il sait, de toute façon, que le butin de sa famille va être important.

Tout à l'heure, lorsque le camion à ordures a été annoncé, Rabah a prévenu toute sa famille afin d'organiser une expédition rentable.

Celui qui est venu seul repart malheureux.

Après une investigation minutieuse, lorsque tous les cartons et les boîtes ont été violés, je décide de rentrer au campement. Afin de rapporter les trésors dans ma caverne, j'attache un bout de ficelle à une cagette, y enfouis pêle-mêle livres, assiettes, jouets et chiffons, et la traîne derrière moi sur le chemin caillouteux. Les autres m'imitent, et nous formons bientôt un véritable cortège de pâtis, provoquant sur nos pas un formidable nuage de poussière.

Tandis que je m'apprête à décharger ma cagette, j'aperçois la Louise qui s'approche de moi. Elle porte ses longues bottes de pâtis, tient à la main une baguette qui lui sert à remuer les ordures. Elle sent la mauvaise humeur :

— Y a un camion qu'est arrivé ? questionne-t-elle.

— Oui, mais c'est déjà fini. On a tout fouillé... dis-je naïvement.

Elle renchérit :

— Bande de salauds ! Vous auriez pu m'avertir. Où est Rabah, d'abord ?

— Il est derrière. Lui n'a pas fini encore.

Dans un mouvement saccadé, elle prend la direction du Rhône.

La Louise habite avec son mari dans la maisonnette en béton, du côté du boulevard. C'est une vieille femme d'environ un mètre cinquante, au visage rond, à peine recouvert par une chevelure peu fournie, la plupart du temps teintée au henna.

Son mari, c'est M. Gu. Lorsqu'il ne travaille pas, il s'occupe dans son jardin. Taciturne, chauve, effacé, toujours pâlot, les yeux globuleux, il est

souvent perplexe devant les excentricités de sa
femme. Il n'a jamais pu faire d'enfants à la
Louise, mais, au Chaâba, ils ont trouvé de quoi
faire une famille milliardaire en allocations familiales.

Elle rejoint Rabah. Avec peine, il enfouit un
moteur de Solex dans un cageot déjà débordant
d'objets les plus hétéroclites. Frappant sa botte de
sa baguette, elle le harcèle.

— Je suppose que tu as oublié de venir me
chercher ? Je sais, je sais : quand un camion
arrive, on est pressé, on n'a pas le temps d'aller
prévenir la Louise...

La queue basse, il bredouille. quelques mots
incohérents :

— Je savais que tu voulais venir... Je voulais...

— Tu voulais... Monsieur voulait... Tu m'as
bien eue, oui ! Tu voulais garder le magot pour toi
tout seul ! Dis-le ! La Louise, elle t'en aurait piqué
une partie !

— Non. C'est pas ça.

— Alors, pourquoi t'es pas venu me chercher ?

Rabah incline la tête, penaud, agacé par la
vieille dame.

— Je déteste cette façon que tu as de détourner
le regard. Regarde-moi quand je te parle ! Dans
les yeux. Là !

Il ne parle pas, ne la regarde pas, noue une
corde à son cageot et s'engage sur le chemin sans

se retourner. Derrière lui, la Louise reste plantée au milieu du tas d'ordures. Elle le maudit.

— Tu fais le caïd, Rabah. Tu sais bien que c'est toi qui perdras à ce jeu !

Il s'en fout. Depuis longtemps, il ne pense plus qu'à son moteur de Solex.

La grande dame du Chaâba est outrée par le comportement de son sous-chef. Elle l'aura au tournant.

Déterminée, elle rentre chez elle, suivant Rabah à quelques mètres.

Nous sommes jeudi et, comme tous les jeudis, elle invite quelques-uns d'entre nous dans sa maisonnette. Suprême récompense ! Délice incomparable pour les élus.

Tandis que nous évaluons la richesse que nous avons exhumée du déchargement, la Louise, talonnée par Moustaf, passe dans les rangs pour désigner du doigt ceux qui auront la chance de pénétrer son palais.

Aujourd'hui, je fais partie de ceux-là.

Elle passe derrière Rabah qui fait mine de l'ignorer. Méprisant, il résiste comme un buffle à l'envie de l'insulter et continue d'ausculter son moteur.

C'est fait. Le comité est constitué. Nous suivons

notre hôtesse jusqu'au grand portail de sa résidence.

— Arrêtez là ! Je vais enfermer le Pollo.

Elle pénètre dans son jardin où rôdent les
quarante kilos de l'immense chien-loup noir qui est
chargé de veiller sur le patrimoine des maîtres
pendant leur absence, tenant compagnie aux
pigeons, aux colombes, aux poules et aux lapins.
Toute cette basse-cour est enfermée dans de
grandes cages qui donnent sur le chemin, côté
baraques.

Au sifflement presque imperceptible, Pollo
répond instinctivement. Il arrive sur elle en trois
foulées majestueuses. Elle l'emprisonne pour nous
frayer un passage.

De l'autre côté des grillages, le loup se couche
sur ses quatre pattes, pose son menton sur la
pelouse et fixe ses yeux noirs sur nous, sans
relâche. Ses dents acérées nous souhaitent la
bienvenue.

Nous longeons les cages pour déboucher sur
l'entrée de la maison. Alors, nous foulons la
caverne de Louisa Baba.

M. Gu est déjà là. Se dandinant sur sa chaise, il
tire paisiblement sur sa pipe et sourit en nous
voyant entrer.

La pièce est très étroite et sombre. Une seule
petite fenêtre donne sur le boulevard de ceinture.
Au-dessus d'elle, une horloge en bois sonne toutes

les heures et pousse dehors un rossignol en couleurs qui chante *cou-cou* pour annoncer l'heure.

La Louise nous installe autour d'une table au
milieu de la pièce, malheureusement trop petite
pour accueillir la quarantaine de gones qui meurent
d'envie de visiter le château.

Elle verse des litres de lait dans une énorme
marmite qu'elle pose sur le réchaud, place un bol
devant chacun de nous, verse au fond une cuillerée
de chocolat, coupe des tartines de pain et laisse le
beurre et la confiture à portée de main.

J'attends de voir le lait monter.

Et puis c'est la grande bouffe de 4 heures. Les
tartines sucrées s'activent entre le bol et ma bouche
à une vitesse qui laisse M. Gu perplexe. Il sait que
chez nous il n'y a jamais de chocolat, pas plus de
confiture. Au menu de 4 heures, seulement du pain
et des carrés de sucre.

Silencieusement, je déguste l'aubaine.

— Vous avez fini, maintenant ? demande la
Louise.

Le 4 heures est digéré.

— Bon, alors vous allez tous nettoyer le jardin
avec le Gu, d'accord ?

— Qu'est-ce qu'il faut faire, Louise ? demande
Moustaf.

— Il faut enlever les feuilles mortes, arracher les
mauvaises herbes et passer le râteau. Mais suivez le
Gu, il va vous montrer...

Les volontaires répondent présent. La candidature pour le jeudi prochain est à ce prix.

Malade ! Rabah était malade en nous regardant sortir du palais, repus.

La Louise a touché son rival en plein cœur, l'a humilié devant tous les gones. C'était mal connaître Rabah que de croire qu'il allait se satisfaire de cette reprise de volée.

Depuis quelques jours déjà, dans un renfoncement du Chaâba qu'il a aménagé pour ses affaires personnelles, Rabah élève une demi-douzaine de poussins qui, à longueur de journée, piaillent dans un carton, sautillent sur la paille. Il croit être le seul à connaître les parents de ces bestioles, mais au Chaâba tout le monde sait.

A force d'émerveillement devant les volatiles de la grande dame, il a décidé de lui subtiliser quelques éléments de reproduction, juste de quoi se constituer un poulailler personnel.

Un soir, il a découpé le grillage qui donne dans la grande cage où sont enfermées les poules et s'est emparé de tous les œufs qu'elles couvaient amoureusement. Auparavant, il avait bien pris soin de neutraliser Pollo en lui fournissant régulièrement des morceaux de viande fraîche, des os saignants, des pieds de poule auxquels la bête n'a pas résisté longtemps. La mise hors d'état de nuire du loup a duré plusieurs jours, jusqu'à ce que Rabah sente qu'il le reconnaissait à chaque fois et qu'il n'aboyait plus à son approche, tendant une langue baveuse à racler la terre du jardin. Très confiant, sous les yeux du chien, il a creusé un trou par lequel il s'est faufilé dans le poulailler et détroussé les poules.

Maintenant, sa basse-cour va bon train et le gone entretient avec Pollo des relations suivies, tandis que la Louise s'interroge, depuis, sur la maladie dont sont victimes ses poulets. Son chien ne manifeste aucun signe d'énervement, aussi a-t-elle écarté d'emblée l'idée d'un cambriolage.

Pourtant, lorsqu'elle met Moustaf au courant de la situation, elle se doute de quelque chose :

— C'est bizarre, depuis plusieurs jours, lorsqu'il est assis à mes pieds sur la terrasse, Pollo n'arrête pas de regarder vers le poulailler. J'ai l'impression qu'il veut me montrer quelque chose...

Moustaf fait l'étonné. Lui sait où sont les œufs et les poussins de la Louise mais n'en touche mot, par solidarité avec son cousin. Fortement intriguée par l'obsession de son chien, la Louise décide un jour de le suivre. Il la mène naturellement dans le poulailler et se fixe face au trou par lequel s'infiltre le voleur de poussins qui lui

taquine régulièrement la panse. Elle saisit rapidement les causes de la stérilité de ses poules.

— Le salopard! lance-t-elle en tournant son
regard du côté du Chaâba.

La nuit tombée, comme à l'accoutumée, le
voleur se présente devant l'entrée du trou, mais
cette fois il ne voit pas le chien. Il se faufile malgré
tout dans le jardin, confiant. Alors qu'il va mettre
la main sur un œuf pour le déposer dans sa besace,
l'énorme loup se jette sur lui telle une chauve-
souris géante. Il pose ses deux pattes sur le buste de
l'intrus et s'apprête à lui déchirer le visage d'un
coup de dents lorsque la Louise s'écrie :

— Pollo! Suffit!

Et la bête se fige net, devient statue.

En s'approchant de sa proie, la dame s'inquiète
de sa pâleur et de sa respiration saccadée. Elle le
fait entrer chez elle; lui donne à boire. Rabah
reprend ses esprits, explique tout.

Le lendemain même, l'affaire est classée, le trou
dans le grillage rebouché. Les poules de la Louise
redonneront des poussins. Rabah a gardé les siens,
mais, dans le jardin d'à côté, il s'est fait un ennemi
de poids. Pollo a bien eu le dernier mot.

A la hauteur du petit chemin qui part du Chaâba
pour rejoindre le boulevard, trois putains travail-

lent à l'abri des platanes. Elles attendent là des journées entières, debout sur le trottoir, vêtues de shorts ou de minijupes qui découvrent des jambes interminables, gantées de soie.

Deux ou trois fois déjà, je suis allé avec Hacène les observer, apprécier les dégradés de couleurs qu'elles peignent sur leur visage. Il pensait au début qu'elles se coloriaient ainsi pour que leurs maris ne les reconnaissent pas s'ils les voyaient ici. Je savais que c'était surtout pour plaire aux messieurs qui roulent en voiture sur le boulevard.

— T'as vu un peu les cigarettes qu'elles fument ! me dit Hacène.

— C'est parce qu'elles n'ont rien à faire toute la journée. Elles fument pour passer le temps.

— Viens, on s'tire, conseille-t-il. Y en a une qui nous a vus.

Dos courbés, nous reculons jusqu'à être hors de portée de vue et nous regagnons le Chaâba par le petit bois, pour éviter d'attirer l'attention sur nous. La honte si on nous surprenait en train de nous rincer l'œil sur les putes du boulevard !...

A 4 heures, la Louise sort de son jardin pour désigner les élus du goûter. Cette fois, Rabah fait partie du contingent.

Alors que nous dévorons les merveilles sucrées, la Louise fait une rapide volte-face, court vers la fenêtre qu'elle ouvre brutalement et s'enflamme. Un passant a osé jeter un œil curieux chez elle, alors qu'il marchait sur le trottoir du boulevard, distant d'à peine trois mètres.

— Non, mais ça va pas, non? Vous voulez pas entrer aussi... Y a du café chaud!...

Visiblement étonné et surpris, l'homme poursuit son chemin sans demander son reste.

La Louise crie que ce sont les putes qui attirent chez nous les voitures et les types louches, ceux qui marchent à petits pas, les mains dans les poches, qui traversent la place centrale du bidonville en regardant sans cesse autour d'eux, comme s'ils étaient traqués.

Il y a deux jours, d'autres filles sont venues s'installer sur les bords du Rhône, au bout du petit chemin, mais aussi sur le troisième sentier qui part du bidonville, juste à la fin du remblai.

Nous sommes cernés par les putes et la faune qu'elles attirent.

L'humeur de la Louise ne nous coupe pas l'appétit. Elle s'est assise à côté de Rabah pour discuter en adultes de la situation nouvelle que les péripatéticiennes ont provoquée. J'échange un regard complice avec Hacène. La Louise doit penser que nous sommes trop jeunes pour parler de ces choses.

— Il faut que l'on s'occupe sérieusement de leur cas, conclut-elle pour recevoir l'approbation de Rabah.

Nous sortons tous de la maison. Au passage, Rabah croise son regard avec celui de Pollo.

Mon père est assis par terre sur un bout de carton. Il discute avec d'autres hommes. La Louise se dirige vers le groupe, serre la main à tout le monde et engage la conversation sur les putes, en allumant une Gauloise sans filtre.

— Il faut faire quek chose, m'sieur Begueg... On va pas se laisser marcher sur les pieds par ces putains...

Ayant constaté que les enfants se tenaient à une distance suffisante pour ne pas entendre ses propos, Bouzid donne son accord à la Gaouria.

— Tan a rizou, Louisa. Fou li fire digage di là, zi zalouprix. Li bitaines zi ba bou bour li zafas !

Le vieux est prêt à agir pour épurer l'amosphère du Chaâba.

Le samedi suivant, la première expédition contre les vendeuses de charmes démarre.

A en croire les coups de frein brutaux sur le bitume du boulevard, le samedi est un jour faste pour les putes.

La Louise a demandé à Bouzid l'autorisation d'aller chasser le diable avec les femmes du Chaâba. Après une longue hésitation, il a fini par accepter.

Cet après-midi, elle a donc réuni ma mère, Zidouma et toutes les femmes fortes.

D'un pas décidé, la compagnie de binouars

multicolores s'engage dans le petit chemin qui conduit au boulevard, derrière la femme au pantalon. Certaines se sont caché la tête dans une serviette pour rester anonymes.

— Compagnie, en avant !

Beaucoup de voitures sont déjà garées entre les platanes, sur le trottoir. Dirigeant la manœuvre, la Louise parvient la première devant les prostituées. A l'intérieur d'un véhicule, une fille baisse la tête puis la relève dans un mouvement cadencé. Une des femmes de la compagnie approche son nez de la vitre. Elle pousse un cri d'horreur :

— Ah, mon Dieu !

Elle blêmit et se maudit d'avoir posé son regard sur ce spectacle affreux. En voyant la meute foncer sur elles, les putes se rapprochent les unes des autres, pour se sécuriser. La Louise commande alors à la horde de s'arrêter, puis, faisant face aux filles de mauvais genre, prend la parole :

— Bande de sâles ! Faut cesser de faire vos cochonneries dans notre quartier ! Voyez pas qu'y a plein d'enfants par ici ?... Vous allez foutre le camp, et tout de suite !

— Oui. Digage d'là, bitaine ! reprend Zidouma.

Les autres femmes acquiescent de la tête.

Surprises au départ par la délégation venue les menacer, les filles réagissent crânement. L'une d'entre elles, la plus âgée, fait un pas en avant, hautaine :

— Non mais dis donc, la mémé, tu crois p'têt que tu vas nous faire peur avec ta bande de moukères bariolées ? C'est raté. Tu nous vois bien, nous toutes ! eh ben on te dit merde. Tu comprends. MERDE ! On va rester là et toi tu vas retourner dans ton jardin avec tes brebis du djebel, d'accord ? Allez : barre-toi de ma vue !

Et vlan ! L'argumentation cloue la Louise sur place. Les femmes du djebel n'ont rien compris à l'histoire mais elles disent oui à tout.

— Machine arrière toutes ! ordonne le chef à sa bande.

La compagnie redescend aux baraques sans demander son reste. La guerre contre les bitaines est déclarée. Pendant qu'elle marche, la grande dame du Chaâba élabore un plan d'attaque :

— J'vais leur envoyer les gones au cul, moi. Elles vont voir, ces salopes, qui c'est qui va se barrer !

Derrière elle, les binouars acquiescent une nouvelle fois.

Profondément heurtée par la réaction des putains, la Louise appelle les gones du Chaâba à la mobilisation générale.

A 19 heures, nous sommes tous là, tout ouïe devant l'explication de sa stratégie.

— Vous devez tous vous cacher à une dizaine de mètres de l'endroit où elles se tiennent. Lorsque Rabah donnera le signal, vous commencerez. A la fin, vous revenez ici en courant...

L'auditoire approuve les règles du jeu. Pendant que Rabah est nommé officiellement chef des opérations, chacun reçoit une fonction et un grade. Heureusement, je ne fais pas partie du commando de choc. On me charge seulement de relever les numéros d'immatriculation des voitures garées sur le trottoir.

— Si tu as peur de les oublier, me dit la Louise, tu n'as qu'à les écrire sur le mur du boulevard.

Elle pense que la plupart des hommes qui rendent visite aux filles sont mariés et que, s'ils s'opposent à notre campagne de dératisation, nous dirons que nous avons relevé le numéro de leurs voitures.

— On téléphonera à ta femme, hallouf !

La Louise affirme que c'est une garantie très sûre, mais moi je me dis que si je tombe sur des célibataires endurcis, je vais avoir l'air fin.

Le commando se met en route. Nous nous approchons aussi près que possible de la cible et nous nous dissimulons derrière les fourrés. Nos mains et nos poches sont lourdes de pierres de tous calibres. Je m'arrête un peu plus loin que le commando de choc, mais je suis aussi armé : on ne sait jamais.

Sur le trottoir, le commerce de bonheur éphémère va bon train. Deux putes travaillent à l'intérieur des voitures, tandis que les mâles qui attendent leur tour trépignent d'impatience dans leur véhicule.

Bien camouflés, les guerriers du Chaâba attendent « leur hache » Soudain, Rabah porte deux doigts à sa bouche et siffle. Tous les gamins se redressent vigoureusement sur leurs jambes, parfaitement synchrones.

Je me baisse. Mes genoux s'entrechoquent sous l'effet de la peur.

Une pluie de cailloux s'abat sur les voitures comme de la grêle. Les carrosseries encaissent le choc. Des pare-brise volent en éclats. Les hommes et les femmes sortent des voitures, à découvert, sont accueillis par une radée de pierres, s'enfuient dans toutes les directions, les mains sur la tête.

La pute qui a joué les gros bras avec la Louise a pris elle aussi ses jambes à son cou. Dans sa fuite, son sac à main s'est ouvert et son contenu s'est répandu sur la chaussée. Trois gamins se roulent par terre pour se disputer des pièces de monnaie.

Soudain, un homme intrépide d'une quarantaine d'années fait face aux assaillants, leur crie :

— Bande de p'tits bougnoules ! Vous croyez que je vais vous laisser faire les caïds dans notre pays ?

Il regarde dans ma direction, précisément où je me suis fait lilliputien. Décidément, je n'ai pas de chance, l'homme s'approche. Son visage est crispé. Il fallait bien que ça tombe sur moi !

— Rabah ! Rabah ! Le bonone veut me choper ! Au secours !

Quatre guerriers accourent dans son dos et le fusillent. Il s'enfuit enfin loin de moi.

Le combat cesse et le chef ordonne le repli au Chaâba.

— Allez ! Courez tous !

A ce jeu-là, je suis toujours le premier, surtout quand il s'agit de s'éloigner d'un danger. Exténué, j'arrive le premier au Chaâba. Depuis son jardin, la Louise a suivi le déroulement du combat. En constatant les ravages causés à l'ennemi, elle se frotte les mains.

— Bravo ! bravo les gones. Vous avez tous mérité un grand café au lait. Allez ! Que tout le monde me suive !

Devant son portail, on se bouscule. Chacun revendique sa part au combat.

A Hacène qui se tient à côté de moi, je lance :

— T'as vu le bonone qui s'est approché de moi ?

— Non.

— Eh ben, il voulait me choper. Je lui ai fait peur tout seul. J'lui ai balancé une bôche en plein dans la tête, à ce hallouf. Il s'est sauvé.

— T'as pas eu peur ?

— Peur ? C'est lui, ouais, qu'a eu peur...

A ce moment-là, Rabah se retourne vers nous, intéressé par notre discussion. Je me tais.

Le lendemain matin, sur le chemin de l'école, on commente les aventures de prostituées, pour passer le temps.

Il fait frais à cette heure matinale, lorsque l'expédition vers l'instruction quotidienne démarre.

Cartable en plastique accroché au dos, la blouse mal ajustée, le pantalon pas trop froissé, la chevelure qui n'a jamais besoin d'être ordonnée, l'avenue Monin me voit passer au milieu des autres, marchant d'un pas peu convaincu.

A la hauteur des chalets, des dizaines d'enfants se joignent à notre groupe. Après avoir parcouru l'avenue, nous débouchons sur le boulevard que nous longeons à l'ombre des platanes. C'est le coin des putes. A cet endroit, nous trouvons souvent de ces petits cercles en caoutchouc blancs, presque transparents, que Rabah s'amuse à gonfler devant nous en riant.

Nous arrivons à un grand carrefour où un policier règle la circulation à grands coups de sifflet et de gestes ordonnés.

Après, c'est Léo-Lagrange, l'école ; mais quelle angoisse de parvenir jusque-là ! Le pont enjambe les eaux brouillonnes et nerveuses du canal. Leur couleur verdâtre suffit à me paralyser. Les jours de grand vent, toute la ferraille claque des dents, alors je m'agrippe à la rampe de sécurité d'une main et, de l'autre, je m'accroche à la blouse de Zohra. Après ce passage difficile, il ne reste qu'une centaine de mètres à parcourir.

Il est 8 heures moins quelques minutes. Une foule attend déjà devant le portail. Des regroupements se forment. Hacène s'approche des joueurs de billes. Il dit à l'un d'eux :

— Je te joue mon bigarreau !

L'autre accepte.

Hacène s'assoit, les jambes écartées, le dos contre le mur de l'école. Il pose son enjeu devant lui. Les tireurs, distants de deux mètres, visent mal. Hacène récupère les billes, les enfouit dans sa poche. D'autres s'essaient. En vain. Il gagne une trentaine de billes puis annonce qu'il arrête le jeu.

Pendant ce temps, j'ai tenté dix billes sur une agate. J'ai perdu.

Un peu plus loin, un poseur refuse de payer son dû. Une rixe éclate.

Un gitan s'approche de nous et s'adresse à Hacène :

— Tu poses ton bigarreau ?

— Non. C't'après-midi, si tu veux !

Le gitan insiste.

— T'as les mouilles que j'te le chourave, ton big !

Hacène le regarde d'un air méprisant. L'autre n'insiste pas.

Il nous reste cinq minutes, alors je propose d'aller acheter des crottes de bique dans le magasin de l'autre côté de la rue. Au passage, j'aperçois des élèves de ma classe. Ils révisent leur récitation pour ce matin.

Pendant notre retour, la sonnerie de l'école retentit. Plus un cartable sur le trottoir. Tout le monde est debout. Les mamans embrassent leurs petits et les encouragent.

Le gardien de l'école ouvre de lourdes portes de fer et s'écarte vite pour laisser pénétrer les blouses multicolores. Un barrage vient de craquer. Le flot s'engouffre dans les différentes cours, celle des garçons, celle des filles et des petits.

De 8 heures du matin jusqu'à 11 h 30, on accumule le savoir dans le plus grand des silences.

En rang par deux, nous pénétrons dans la salle de cours. Le maître s'installe à son bureau.

— Ce matin, leçon de morale, annonce-t-il après avoir fait l'appel et trébuché sur tous les noms arabes.

Il se met à parler de morale comme tous les

matins depuis que je fréquente la grande école. Et, comme tous les matins, je rougis à l'écoute de ses propos. Entre ce qu'il raconte et ce que je fais dans la rue, il peut couler un oued tout entier !

Je suis indigne de la bonne morale.

Une discussion s'engage entre les élèves français et le maître. Ils lèvent tous le doigt pour prendre la parole, pour raconter leur expérience, pour montrer leur concordance morale avec la leçon d'aujourd'hui.

Nous, les Arabes de la classe, on a rien à dire.

Les yeux, les oreilles grands ouverts, j'écoute le débat.

Je sais bien que j'habite dans un bidonville de baraques en planches et en tôles ondulées, et que ce sont les pauvres qui vivent de cette manière. Je suis allé plusieurs fois chez Alain, dont les parents habitent au milieu de l'avenue Monin, dans une maison. J'ai compris que c'était beaucoup plus beau que dans nos huttes. Et l'espace ! Sa maison à lui, elle est aussi grande que notre Chaâba tout entier. Il a une chambre pour lui tout seul, un bureau avec des livres, une armoire pour son linge. A chaque visite, mes yeux en prennent plein leur pupille. Moi, j'ai honte de lui dire où j'habite. C'est pour ça qu'Alain n'est jamais venu au Chaâba. Il n'est pas du genre à prendre plaisir à fouiller les immondices des remblais, à s'accrocher aux camions de poubelles, à racketter les putes et

les pédés ! D'ailleurs, sait-il au moins ce que
« pédé » veut dire ?

En classe, le débat s'anime. Des élèves pronon-
cent des mots que je n'ai jamais entendus. J'ai
honte. Il m'arrive souvent de parler au maître et de
lui sortir des mots du Chaâba. Un jour, je lui ai
même dit :

— M'sieur, j'vous jure sur la tête d'ma mère
qu'c'est vrai !

Tout le monde a ri autour de moi.

Je me suis rendu compte aussi qu'il y a des mots
que je ne savais dire qu'en arabe : le kaissa par
exemple (gant de toilette).

J'ai honte de mon ignorance. Depuis quelques
mois, j'ai décidé de changer de peau. Je n'aime pas
être avec les pauvres, les faibles de la classe. Je
veux être dans les premières places du classement,
comme les Français.

Le maître est content du débat sur la propreté
qu'il a engagé ce matin. Il encourage à coups
d'images et de bons points ceux qui ont bien
participé.

A la fin de la matinée, au son de cloche, à demi
assommé, je sors de la classe, pensif. Je veux
prouver que je suis capable d'être comme eux.
Mieux qu'eux. Même si j'habite au Chaâba.

Ceux qui arrivent les premiers dehors attendent
les autres pour rentrer au bidonville, car aucun de
nous ne reste à la cantine à cause du hallouf.

J'aperçois le maître qui marche vers le portail de l'école en parlant avec un élève de notre classe, l'un des meilleurs. Je tourne brusquement mon regard en sens inverse. Ils pourraient croire que je les épie.

Tous les Chaâbis sont là maintenant. Nous rentrons.

A la maison, j'avale en hâte une assiette de pâtes et je retourne dehors, même si c'est pour quelques dizaines de minutes. Hacène me rejoint, puis d'autres. On descend des bouteilles avec les lance-pierres, on finit de réparer le « pédalier du braque », on poursuit la construction d'une baraque en carton.

Puis, au milieu des éclats de bouteilles, des pierres qui cognent sur les clous rouillés, des cris, un rappel à l'ordre cingle :

— C'est l'heure de l'école, M. Paul a dit !

On abandonne tout sur place, on plonge les mains dans le bassin pour enlever la crasse, on endosse la blouse de savant et, en quelques minutes, le convoi est prêt pour le deuxième round de la journée.

On refait un troisième trajet.

Avant 2 heures, devant le portail de l'école, les transactions reprennent leur cours. Le gitan de ce matin vient relancer Hacène pour son bigarreau.

— Alors, tu le poses ?

Il accepte, s'assied, joue et perd. Le gitan va

reposer son gain un peu plus loin sous l'œil rageur du vaincu.

2 heures. A nouveau dans la classe. L'après-midi passe doucement. Mes idées sont claires à présent, depuis la leçon de ce matin. A partir d'aujourd'hui, terminé l'Arabe de la classe. Il faut que je traite d'égal à égal avec les Français.

Dès que nous avons pénétré dans la salle, je me suis installé au premier rang, juste sous le nez du maître. Celui qui était là avant n'a pas demandé son reste. Il est allé droit au fond occuper ma place désormais vacante.

Le maître m'a jeté un regard surpris. Je le comprends. Je vais lui montrer que je peux être parmi les plus obéissants, parmi ceux qui tiennent leur carnet du jour le plus proprement, parmi ceux dont les mains et les ongles ne laissent pas filtrer la moindre trace de crasse, parmi les plus actifs en cours.

— Nous sommes tous descendants de Vercingétorix !

— Oui, maître !

— Notre pays, la France, a une superficie de…

— Oui, maître !

Le maître a toujours raison. S'il dit que nous sommes tous des descendants des Gaulois, c'est qu'il a raison, et tant pis si chez moi nous n'avons pas les mêmes moustaches.

Cet après-midi, j'ai fait impression. Mon doigt est resté pointé au ciel des heures durant. Même lorsque le maître ne posait pas de question, je voulais répondre. Il ne m'a pas encore gratifié d'une image, d'un bon point, mais cela ne saurait tarder.

5 heures sonnent. C'est la ruée vers la sortie. Certains malheureux restent à l'étude jusqu'à 6 heures et quart, et j'en fais partie. Mes parents préfèrent me savoir à l'école plutôt que dans la rue. J'en profite pour faire les devoirs du lendemain. Ce soir, une ardeur inhabituelle brûle en moi. Je suis persuadé que le maître a commencé à comprendre mon orientation. J'ai bien fait de me placer au premier rang.

D'habitude, je déteste rester à l'étude, car, au crépuscule, le Chaâba est merveilleux. Le bidonville reprend vie après une journée de travail. Tous les pères de famille sont rentrés.

L'étude finit. Je rentre à la maison en courant comme un fou. Le boulevard, l'avenue Monin, le chemin du remblai et, enfin, le Chaâba dans la nuit qui commence à se répandre !

Les hommes ont formé un petit cercle dans la cour. Ils racontent, fument, dégustent le café que les femmes ont pris soin de leur apporter dehors. Mon père semble paisible, ce soir, toujours bercé par la musique orientale qui sort du poste posé par terre, au milieu du cercle, l'antenne entièrement sortie.

Autour d'eux, les gosses s'agitent, s'affairent à leurs travaux. Un père se lève pour séparer deux diablotins qui se disputent une bouteille vide.

Je retrouve Hacène avec un groupe de filles et de garçons au milieu duquel émerge la Louise. Elle raconte des histoires. Tout le monde préfère écouter Louisa plutôt que de faire les devoirs du maître. Mon morceau de pain et deux carrés de sucre à la main, j'écoute, moi aussi, les récits extraordinaires de la Louise.

— Zohra ! Allez, appelle tes frères et venez manger, crie ma mère depuis le seuil de la porte.

Ma grande sœur s'exécute à contrecœur. Elle nous supplie de la suivre.

— Autrement, c'est moi qu'il va engueuler, le papa ! argumente-t-elle.

Moustaf la suit. Je les rejoins.

Au milieu de la cour, il ne reste plus que les chaises vides et une grande assiette dans laquelle les hommes ont déposé leurs verres de café. Ils sont rentrés dans leurs baraques, convaincus sans doute par la forte odeur de chorba qui commence à flotter dans l'atmosphère du Chaâba.

Ce soir, ma mère a préparé de la galette, que nous mangeons avec des dattes et du petit-lait. Dans un plat recouvert d'une serviette, elle a posé délicatement quelques morceaux encore chauds. Elle me dit en me les tendant :

— Tiens, va porter ça chez les Bouchaoui !

Je sors dans la cour. A cet instant, je croise l'un des frères de Rabah qui nous apporte une assiette de couscous garnie de deux morceaux de mouton. Son père discute avec le père Bouchaoui, l'invite à partager son repas.

Je flâne encore un peu dans l'allée centrale du Chaâba, regarde à l'intérieur des baraques, à travers les rideaux. J'entends ma mère qui me rappelle à l'ordre :

— Alors, tu veux aller te coucher sans manger ?

Ils ont terminé le petit-lait et les dattes. J'entame le plat de couscous envoyé par Zidouma.

La nuit est maintenant tombée. Tout devient étrangement calme au Chaâba. Le contraste avec la journée heurte les oreilles. Des lumières pâles sortent des baraquements. Les postes de radio murmurent de la musique arabe à des nostalgiques tardifs. Les hommes et les femmes retrouvent une « intimité » de quelques heures dans leur hutte.

Sur des matelas jetés à même le sol, les enfants se serrent les uns contre les autres. Les gens dorment. Les femmes rêvent d'évasion ; les hommes, du pays. Je pense aux vacances, en espérant que demain sera un jour de composition à l'école.

A 8 heures, ce vendredi, je me suis installé à nouveau au premier rang. Tout le monde a compris dans la classe que désormais je n'en bougerai point.

Le maître nous fait la morale sur la bonne éducation.

— Quand on est un enfant bien élevé, on dit bonjour, on dit bonsoir, on dit merci aux adultes parce que ce sont là les paroles des gens bien élevés. Par exemple, un enfant bien éduqué embrasse ses parents tous les soirs avant d'aller se coucher.

Il baisse ses yeux sur moi en prononçant cette dernière phrase. Se moque-t-il de moi ou quoi ? Je n'ai, jusqu'à ce jour, jamais fait de telles cérémonies avant de m'enfouir dans mon guittoun. Je baisse les yeux, espérant qu'il ne va pas me solliciter. Il poursuit :

— Quelqu'un est-il déjà venu saluer le directeur et les maîtres un matin lorsqu'ils attendent sous le préau que la sonnerie de la rentrée retentisse ?

Dans la classe, aucun doigt ne se lève. Les regards se perdent de tous côtés. Qui aurait eu l'idée d'aller dire bonjour au dirlo le matin en rentrant à l'école ?

La morale terminée, le maître annonce que, jusqu'à 11 h 30, nous allons faire une rédaction.

Sujet : « Racontez une journée de vacances à la campagne. » Je sors de mon cartable une feuille double, plante ma plume dans l'encrier et démarre sans brouillon ma composition. Mes idées sont déjà ordonnées. Je ne peux pas lui parler du Chaâba, mais je vais faire comme si c'était la campagne, celle qu'il imagine.

Je raconte l'histoire d'un enfant qui sait pêcher au filet, qui chasse à la lance, qui piège les oiseaux avec un tamis... Non. Je raye cette dernière phrase. Il va dire que je suis un barbare. L'enfant sait aussi reconnaître presque tous les volatiles, les œufs, les reptiles, les fruits sauvages, les papillons, les champignons. Sa mère lui a appris à tirer le lait des mamelles de Bichette, leur chèvre. Avec ses copains, il fait du rodéo sur son dos comme sur les moutons qui sont attachés dans le pré. En conclusion, j'écris que le petit garçon est heureux à la campagne.

Le temps a passé. Il faut rendre les devoirs. Le maître passe dans les rangs pour ramasser les feuilles doubles. Moussaoui n'a rien écrit sur sa copie. Le maître n'a fait aucun commentaire.

Pendant l'après-midi, nous avons fait d'autres compositions. Je suis content. Ça a bien marché. En rentrant au Chaâba le soir, j'ai couru dans la forêt, ramassé les feuilles mortes les plus séduisantes, cueilli des champignons, de ceux qui poussent en s'accrochant au tronc des arbres. J'ai caché ces échantillons dans mon cartable avant d'aller rejoindre Hacène et Rabah qui, avec d'autres gones, sont en train de construire un chariot à roulettes géant.

Un crissement sur le gravier interrompt brusquement les coups de marteau. Moustaf débouche du chemin de l'école en criant à tue-tête :

— Elles sont revenues ! Elles sont revenues ! Elles sont vers le remblai ! Elles sont revenues, les putes !

Je cours voir. En effet, elles sont bien là, à une centaine de mètres des baraques, sur le chemin de l'école. Les clients sont là aussi.

Rabah nous rejoint. En plissant ses yeux débordant de malice, il dit :

— Il ne faut pas que la Louise sache que les putes sont revenues !

Comme elle travaille, elle ne le saura pas. On va revenir plus tard...

— Allez ! Rentrez au Chaâba, les petits !

Nous obéissons. Le chef a certainement une idée diabolique en tête.

Un peu plus tard, une opération de commando sauvage se met en route. Nous sommes une dizaine au total. Nous nous approchons aussi près que possible de la pute et de son homme qui s'agitent

dans la voiture. Rabah nous commande de nous
arrêter. Il dit à Moustaf :

— Toi, tu viens avec moi. Mais, surtout, pas un
bruit !

Mon frère obtempère. Et tels deux guépards,
dos courbés, ils avancent vers l'automobile, les
bras chargés de fils de fer. Sans précipitation, ils
enroulent le piège autour des roues arrière. Nous
suivons la scène des yeux. Quelle audace ! La
besogne achevée, les héros reviennent sur leurs
pas.

— Tout le monde a des munitions ? interroge
Rabah.

— Alors, feu à volonté ! conclut Moustaf, histoire de montrer qu'il sait donner des ordres, lui
aussi.

Le bombardement commence. Le chauffeur met
le contact, démarre sur quelques mètres dans un
bruit à fissurer des dents. Le véhicule s'immobilise
définitivement, les roues prisonnières des fers. A
cet instant, j'ajuste un lancé précis qui brise la vitre
arrière. L'effet de surprise me fait reculer de
quelques pas.

— Arrêtez le tir ! ordonne Rabah.

Terrorisés, les deux ennemis évacuent le véhicule. Ils nous observent pendant un instant, comme
s'ils voulaient dire quelque chose.

L'homme tente de démêler les roues de sa
voiture. La pute fait alors quelques pas dans notre

direction. Elle s'arrête à quelques mètres. A travers son corsage largement ouvert apparaît une partie éloquente de sa poitrine rose. Rabah et Moustaf n'ont d'yeux que pour cette offrande divine, tandis que nous préparons nos pierres en les remuant dans nos poches.

La pute lève les bras :

— Non, attendez, j'ai quelque chose à vous proposer, dit-elle en s'adressant aux aînés. C'est vous les caïds, je suppose. Vous savez, moi aussi j'ai des gones. Aussi grands que vous... Mais ils ne sont pas méchants comme ça. Pourquoi vous nous emmerdez tout le temps ? On ne vous gêne plus maintenant, alors laissez-nous travailler tranquillement.

Rabah et Moustaf ne pipent pas mot. Ils commencent même à s'émouvoir. La pute ouvre alors son sac à main. Nous faisons tous quelques pas en arrière, mais elle nous rassure :

— N'ayez pas peur. Attendez un moment...

Elle saisit son porte-monnaie, l'ouvre sous nos yeux, en retire un billet de 5 francs et le tend à Rabah.

— Tiens, prends ça ! Maintenant, vous me laissez travailler ! D'accord ?

Sans demander son reste, Rabah ordonne de rebrousser chemin, promettant à la pute compréhension et protection. Depuis, chaque jour, lorsque les dames-trottoir viennent exercer du côté des baraques aux bougnoules, là où la police ne vient jamais, un commando va encaisser l'impôt. Mais seuls Rabah et Moustaf gèrent les finances...

Ce matin, comme les autres, alors que nous étions à peine arrivés au bout de l'avenue Monin, Rabah a décidé d'obliquer chemin. Il est parti on ne sait où avec son ami Chiche, en direction de Villeurbanne. J'aurais aimé les suivre !

A 8 heures moins cinq, lorsque le gardien de l'école ouvre les portes, je marche droit vers le préau. Là-bas, juste en face de moi, le directeur discute avec les maîtres et les maîtresses, dans la cour des garçons. La sonnerie est sur le point de nous rappeler au rang par deux. Cartable au dos, blouse boutonnée jusqu'en bas, je me présente en face du groupe. En disant bonjour d'une voix étranglée, je tends ma main. Personne ne prend garde à moi. On discute de choses très sérieuses, en haut. Je regarde derrière moi, au cas où l'on m'observerait. Heureusement, je passe inaperçu.

Les yeux du maître semblent me parler.

— Mais qu'est-ce que tu fais là, mon petit ?

Je ne sais que faire.

— Mais il ne se souvient pas de la leçon de morale d'hier ou quoi ?

Ne pouvant plus faire machine arrière, je

décide de hausser le ton pour attirer l'attention sur moi.

— B'jour, m'sieur ! B'jour, m'dame !

Cette fois, ils me regardent. Je tends à nouveau la main à tout le monde. Le directeur éclate de rire. Les autres suivent. Ils attendaient le signal du patron.

J'ai honte avec mon cartable dans le dos, ma blouse propre, mes cheveux rangés. Je rebrousse chemin vers le milieu de la cour. Là ou ailleurs, peu importe. Je ne réagis plus à rien. Je suis ridicule. Ça sonne. Je me dirige quand même vers les rangs. Alors que nous montons l'escalier, le maître pose sa main sur mon épaule :

— C'est bien, ce que vous avez fait... Mais il faut seulement dire : « Bonjour ! » Pas tendre la main. Ce sont les grandes personnes qui font ça... Mais c'est bien. Il faut toujours être poli comme aujourd'hui.

J'ose à peine le regarder. J'ai été le seul de la classe à faire œuvre de bonne morale. Je ne le serai plus jamais. D'ailleurs, je vais éviter de passer devant tous ces gens à l'avenir.

Je m'assieds sur le banc et pose mon cartable à mes genoux. En l'ouvrant, je retrouve les feuilles et les champignons que j'y avais enfouis la veille pour les offrir à mon maître. Je referme aussitôt le cartable :

— Je ne lui donnerai rien du tout, c'est bien fait pour lui.

La matinée est passée très vite. Je n'ai aucun souvenir de ce que le maître a pu dire pendant les leçons. Mon esprit était ailleurs. Demain, c'est samedi, j'irai au marché avec Moustaf.

Moustaf m'a réveillé tôt comme à chaque fois que nous allons travailler au marché. La vieille des salades à 50 centimes n'est plus qu'un souvenir. Maintenant, nous sommes travailleurs indépendants. Nous vendons la nature au marché de Croix-Luizet : muguet, lilas, coquelicots, gui, houx... Tout ce qui peut rapporter quelques pièces.

— Achetez mes lilas. 1 franc le bouquet, 2 francs les trois bouquets. Achetez mes beaux lilas !

Ce matin, je vends des fleurs, seul, installé au milieu des marchands de fruits et légumes. Moustaf est placé un peu plus loin. Lui ne crie rien, mais il m'oblige à le faire pour attirer des clients. Rabah et ses frères sont là aussi, mais en tant que concurrents, cette fois.

Le marché, c'est pas mon fort, mais avec le lilas, on gagne beaucoup d'argent, au moins 30 francs par matinée. Moustaf me laisse quelques pièces. Il donne le reste à notre mère.

— Donnez-moi deux bouquets ! me dit une vieille dame en s'arrêtant brusquement devant moi.

Je me baisse pour saisir les fleurs déposées à terre. Alors elle met la main dans mes cheveux, tripote une bouclette et me félicite :

— Quels jolis cheveux vous avez !

Je reste perplexe devant son sourire. Les bouquets à la main, elle poursuit son chemin en se retournant tous les trois mètres.

— Donnez-moi deux bouquets, s'il vous plaît !

— Oui, m'sieur ! Lesquels vous voulez ?

Je choisis deux bouquets au hasard et les tends à l'homme en le regardant dans les yeux, encore sous le choc du compliment de la vieille dame. Soudain, mon bras tendu, au bout duquel sont accrochés les deux bouquets, fléchit sous un second choc. M. Grand, mon maître, là, juste en face de moi. Je vacille. Il s'empare des bouquets, en souriant. Rouge de honte, je baisse mon regard et me fais tout petit dans mon pantalon de velours trop large.

Le maître n'a pas de mal à deviner mon émoi.

— Bonjour, Azouz ! Combien je vous dois ?

Que faire ? Me sauver, peut-être ? Non. Il va croire que je n'ai pas ma raison. Je suis coincé de bas en haut, incapable de sortir le moindre mot. Il me prend la main, y dépose trois pièces de 1 franc et me rend les bouquets de lilas avant de disparaître au milieu du marché. J'ai dû perdre au moins dix de mes vingt kilos. Lorsqu'il a disparu derrière les étalages, je cours voir Moustaf :

— Je m'en vais. J'arrête. Je retourne au Chaâba, lui dis-je.

— T'es devenu fou ou quoi ? Tu vas retourner à ton coin !

— Non, je m'en vais !

Et je m'enfuis en direction de la maison, abandonnant mes fleurs sur le marché.

Comment vais-je faire, lundi, en retrouvant mon maître à l'école ? Que faut-il lui dire ? Va-t-il parler de ce qu'il a vu devant tous les élèves de la classe ? La honte ! Je crois que le hasard m'a joué un très mauvais tour. Est-ce que c'est bien, pour la morale, d'aller vendre sur le marché des fleurs qu'on a seulement cueillies dans la forêt ? Non. Quand on est bien élevé, on ne fait pas des choses comme celle-là. D'ailleurs, au marché, il n'y a pas de petits Français qui vendent des lilas, seulement nous, les Arabes du Chaâba.

J'ai passé l'après-midi à me tourmenter l'esprit. Je n'ai pas vu le dimanche s'enfuir.

Le lundi matin, après une nuit terrible, j'ai retrouvé M. Grand, non sans avoir pris garde de contourner le directeur et son équipe. Avant d'entrer dans la salle, il m'a glissé quelques mots gentils à l'oreille pour me mettre à l'aise. Je sais maintenant que je lui ai fait pitié. Il a dû se dire : « Ce petit étranger est obligé d'aller travailler sur les marchés pour aider ses parents à s'en sortir! Quelle misère et quel courage!» J'ai été très heureux, conscient d'avoir marqué des points alors que je craignais d'avoir tout perdu. J'ai eu envie de rassurer mon maître, de lui dire : « Arrêtez de pleurer, monsieur Grand, ce n'est pas pour gagner ma vie que je vais vendre mes bouquets au marché, mais surtout pour fiche la paix à ma mère. Et puis je me marre bien quand je vois les Français dépenser leur argent pour acheter des fleurs que la nature leur offre à volonté. » Mais je me garde bien de changer l'image que le maître a désormais de moi : un garçon courageux, plein de bonne volonté. En somme, un enfant bien conforme à la morale.

Les compositions ont bien marché. A la maison, tous les soirs, j'ai résisté à l'envie d'aller jouer avec les autres et j'ai travaillé mes devoirs. Zohra m'a aidé à lire, à calculer, à réciter les poèmes. Mon père surveillait de loin.

Ce soir, en marchant vers la sortie de l'école, le cartable ballant, je savoure déjà les joies de la réussite. Quel plaisir de tout savoir sur le petit doigt, de répondre aux questions avec du zèle! Autour de moi, les autres élèves de la classe commentent les compositions. A quelques mètres devant, Moussaoui marche avec les compatriotes, ceux du fond de la classe.

Une dame arabe a franchi le portail de l'entrée principale. Elle se dirige dans ma direction. Son accoutrement attire les regards. Elle est habillée comme ma mère lorsqu'elle fait la cuisine : un binouar orange, des claquettes aux pieds et un foulard rouge qui lui serre la tête. Autour de son ventre rond, une ceinture en laine. Elle s'approche de moi, me regarde, sourit. Après m'avoir salué en arabe, elle me parle à voix basse comme si elle avait peur d'être surprise par quelqu'un.

— C'est bien toi le fils de Bouzid d'El-Ouricia ? C'est vous qui habitez dans les baraques, vers les chalets ? Écoute ! J'habite moi aussi à El-Ouricia. Je connais bien ta famille. D'ailleurs, tu diras bonjour à ta mère. Dis-lui : « Djamila te passe le bonjour. » Tu travailles bien à l'école ? Écoute, rends-moi un service : assieds-toi à côté de mon fils Nasser pour l'aider pendant les compositions...

Je commence à comprendre pourquoi elle est venue vers moi.

— Nous sommes tous des Arabes, non ? Pourquoi vous ne vous aidez pas ? Toi tu aides Nasser, lui il t'aide, etc.

Je connais Nasser. Il ne brille pas beaucoup en classe. Mais qu'y puis-je ? Que dois-je répondre à cette femme ? Je reste muet, non pas parce que je juge cette attitude meilleure qu'une autre, mais parce que je suis incapable de penser quoi que ce soit face à cette insolite demande. La dame me fait de la peine. Je comprends qu'elle veuille que son fils soit lui aussi un savant, comme les Français. Elle est toujours là, plantée devant moi, l'air de plus en plus gêné. Elle m'implore au nom de son fils, au nom de notre origine commune, au nom de nos familles, au nom des Arabes du monde.

Non, c'est trop dangereux. Il faut que je le lui dise franchement.

— Je vais demander au maître si ton fils peut se mettre à côté de moi pour les compositions !

Elle croit que je suis naïf, que je n'ai pas compris la complicité qu'elle sollicite.

— Mais tu n'as pas besoin de demander au maître ! réplique-t-elle.

— Tu veux que je triche, alors ?

— Oh ! tu emploies là de grands mots... Il s'agit d'aider mon fils, pas...

Je lui coupe la parole.

— Si tu ne veux pas que je demande au maître, alors je refuse !...

Je poursuis ma route vers la sortie en l'abandonnant à ses balbutiements. Je l'entends me maudire dans mon dos mais n'y prends garde. Pour qui se prend-elle ? Maintenant que le maître m'a dans ses petits papiers, elle croit que je vais tricher pendant les compositions. Quelle naïveté ! Et la morale, alors ? Moi qui, pendant les compositions, prends bien garde à ne pas divulguer mes connaissances, moi qui crains toujours que les autres copient sur moi, qu'ils me volent ce que je sais, ce que j'ai durement enregistré dans ma mémoire... Elle croit, cette pauvre dame, que cela se fait comme ça, on se met les uns à côté des autres, on met en commun les connaissances... et comme ça on est tous premiers de la classe ! Non, vraiment, elle est trop naïve. Personne n'empêche son fils de travailler comme moi. Alors pourquoi ne le fait-il pas ? Non, madame, vous ne me corromprez pas.

En franchissant les portes de l'école, je croise Nasser. Il attend sa mère. Sait-il ? Ne sait-il pas ? Il me dit au revoir... Une preuve qu'il n'est pas au courant des tractations de sa mère.

Sur la route du retour, j'interroge Zohra, un peu mal à l'aise malgré les apparences :

— Tu l'as vue, la mère à Nasser Bouaffia, quand elle me parlait tout à l'heure ?

— Ouais, répond-elle. Qu'est-ce qu'elle te voulait ?

— Elle voulait que j'aide Nasser pendant les compositions !

— Ah ? Et qu'est-ce que tu lui as dit ?

— Je lui ai dit non, pardi ! Il fallait que je dise oui ?

— Non. T'as bien fait, conclut-elle, sans conviction.

— Tu dis ça pour me faire plaisir...

— Non, dit-elle. Ça ne fait rien.

— Si. Dis-moi !

— Que veux-tu que je te dise ?

— Ce que tu penses.

— Eh ben, c'est vrai que tu aurais pu l'aider un peu...

— A faire quoi ?

— A réviser, par exemple. Ou alors à faire des opérations...

J'hésite pendant une seconde, quelque peu désorienté par les arguments de ma sœur.

— Oui, mais c'est pas ça qu'elle me demandait. Elle voulait qu'on triche pendant les compositions.

— Ah ben ça non ! répond-elle. Alors là, t'as vraiment bien fait.

Le doute d'être un faux frère est écarté définitivement de mon esprit et nous poursuivons notre chemin.

Nous arrivons au Chaâba. Aussitôt, je cours vers ma mère pour vérifier si elle connaît bien la maman de Nasser.

— Emma, tu connais Mme Bouaffia ?

— Oui, bien sûr. Son fils Nasser est dans ta classe, elle me l'a dit la dernière fois que je l'ai vue.

— Tu la connais bien, bien ?

— Très bien. On se connaissait déjà à El-Ouricia.

Cette fois, j'ai un peu honte. J'aurais peut-être dû proposer mon aide en dehors de la classe. Je serais allé chez Nasser pour l'aider à faire ses devoirs...

— Pourquoi tu me demandes ça ? poursuit-elle.

— Je l'ai rencontrée à la sortie de l'école, tout à l'heure. Elle m'a dit de te saluer, dis-je pour mettre fin à la conversation.

Et Emma retourne à sa lessive. Je me prépare en vitesse un goûter et sors dans la cour où règne une agitation coutumière autour de la pompe et de son bassin. La voix sourde de Zidouma résonne contre la façade des baraques.

— Où est Hacène ? lui dis-je.

— Dans la baraque, je pense, crie-t-elle. Tu crois que je le surveille pour voir où il va ?

Je ne réponds pas à la provocation. Puis elle ajoute :

— Va voir à la maison, si tu veux.

Je m'approche de leur caverne, tire le rideau qui bouche la vue lorsque la porte est ouverte et aperçois Hacène. Il est allongé à plat ventre dans un coin de la pièce, les cahiers grands ouverts devant lui, les talons relevés jusqu'aux fesses. Trois de ses petits frères font un rallye autour de la table en marchant à quatre pattes, sucette à la bouche. Lorsqu'ils le percutent, Hacène les repousse du bras, machinalement, sans lever les yeux de ses livres.

Zidouma entre à nouveau dans l'antre, un seau plein d'eau dans chaque main, passe au-dessus de son fils, renverse quelques gouttes sur lui, sur ses feuilles, en l'enjambant. Lui reste impassible, passe la manche de son bras droit sur le papier gondolé.

Je m'avance vers lui, embrasse son père qui écoute la radio à côté de la fenêtre.

— Qu'est-ce que tu fais, Hacène? dis-je, un peu embarrassé par l'ambiance qui règne dans la cabane.

— Demain, les compositions de notre classe commencent, alors j'essaie de réviser, mais je ne peux pas bien à cause du bruit.

Il repousse à nouveau un de ses petits frères qui insiste pour tirer vers lui le livre de géographie. Hacène fait alors un geste un peu brusque et le bébé à quatre pattes se met tout à coup à brailler comme si on l'avait marqué au fer rouge.

Zidouma se retourne et s'écrie :

— Tu commences à nous crisper, toi, avec tes papiers au milieu de la maison. Tu peux pas travailler à l'école au lieu de venir te mettre sous mon binouar?

— C'est les compositions, demain, dit Hacène en français.

Puis son père, jusque-là muet, intervient :

— Allez, sortez. Je n'entends plus rien au poste à cause de vous. Allez vous amuser dehors avec vos cahiers.

Le chef a parlé. Il faut se résigner à aller s'amuser dehors.

— Allez, viens, me dit Hacène en maudissant des yeux ses parents.

Puis, lorsque nous nous installons sur les marches, dans la cour, il commente :

— Après, quand je leur apporte mon classement et que je suis le dernier, ils me tapent dessus... C'est bien fait pour eux.

— Tu t'en fous, dis-je pour l'encourager. Tiens, tu veux que je te fasse réciter ta leçon de géo ?...

— Ouais, fait-il. Ça, j'arrive jamais à l'apprendre par cœur. J'aime pas.

— Faut quand même apprendre, conclus-je.

Lundi matin. C'est aujourd'hui que M. Grand rend les compositions et les classements.

— T'as les chtons ? demande Zohra alors que nous attendons que la sonnerie retentisse.

— Non, lui dis-je. J'ai pas peur du tout parce que je sais que j'ai tout juste à mes compositions. Vendredi dernier, le maître m'a dit qu'il était content de mon travail.

— Eh, eh ! poursuit Zohra. Il va être heureux, le papa !

Le gardien ouvre les portes de l'école et nous nous engouffrons tous dans la cour de récréation.

— On se retrouve à 11 heures et demie, me lance ma sœur.

— Je t'attendrai, lui dis-je.

A quelques mètres devant moi, j'aperçois Jean-Marc Laville, celui à qui M. Grand ne cesse de distribuer des bons points pour le récompenser de son travail. Il me voit lui aussi, s'arrête pour m'attendre.

— Bonjour, Azouz! dit-il en me tendant la main.

Je lui rends son salut. Il me demande :

— Alors? C'est aujourd'hui que le maître rend les compositions ?

— Tu le sais bien.

— Oui, confirme-t-il, étonné par ma réponse.

Puis il me fait part de ses émotions :

— Moi j'ai une peur terrible...

— Pourquoi ?

Il me regarde droit dans les yeux, intrigué par ma relance.

— Et toi, t'as pas peur ?

— Non, lui dis-je. Pour moi, ça a bien marché. De quoi veux-tu que j'aie peur ?

Il ne répond pas puis change soudainement de conversation :

— T'as regardé la télé hier ?

— Non. Chez moi, on n'a pas encore la télé.

Jean-Marc semble ébahi. Il réitère :

— Vous n'avez pas la télé ?

84

— Non. Et même qu'on n'a pas d'électricité dans notre maison.

A cet instant, une agitation inhabituelle attire mon attention du côté de l'entrée des WC de l'école. Je prends congé de mon voisin puis m'approche de Nasser Bouaffia que j'ai reconnu parmi un groupe d'élèves du certificat d'études.

— Qu'est-ce qui se passe ?

Il me dévisage avant de me lancer :

— Toi, je te cause pas, et tu me causes pas, d'accord ?

— Qu'est-ce que je t'ai fait ? dis-je en regardant à l'intérieur des toilettes où au moins dix garçons semblent frémir de plaisir.

Nasser reste muet, alors j'entre dans les sanitaires pour savoir ce qui s'y passe. Rabah est là, une Gauloise coincée entre les lèvres comme tous ceux du certif. Je l'interroge :

— Qu'est-ce qu'il y a ?

— Regarde ! dit-il en m'indiquant de son index le haut d'une cabine.

Moussaoui est perché au sommet et sa tête plonge directement à l'intérieur des WC voisins.

— Mme Bédrin, l'institutrice d'une classe de filles, est en train de pisser, m'explique Rabah en riant à l'étouffée.

Moussaoui se retourne vers nous, agite sa main pour signifier la merveille du panorama qu'il contemple, puis il redescend.

— J'ai tout vu, affirme-t-il. Elle a un slip rose avec des dentelles.

— A moi ! dit Rabah.

Comme un félin, il grimpe jusqu'au poste d'observation. Ses jambes pendent le long de la porte des toilettes. Alors Moussaoui se dirige vers le lavabo, fait couler de l'eau dans le creux de ses mains et la jette au-dessus de Rabah, juste à l'endroit où Mme Bédrin est assise. Tout se déroule ensuite en un éclair. Réalisant la gravité de la situation, je cours vers la sortie derrière Moussaoui qui rit à pleines dents. Rabah s'affale à terre et on entend la maîtresse à la culotte rose qui crie :

— Ah, cochon !

Heureusement, les maîtres et le directeur ont le dos tourné lorsque nous bondissons dans le préau. D'ailleurs, presque simultanément, M. Grand appelle au rang par deux. Je regarde du côté des WC et aperçois la mère Bédrin qui soulève Rabah par une oreille en lui criant :

— Mais vous êtes fou ! Insolent !

Derrière moi, Moussaoui est écroulé de rire.

— Y a que moi qui a vu sa culotte ! se vante-t-il auprès de ses acolytes.

Le calme est revenu dans les rangs et nous pénétrons dans la classe. En passant devant le bureau du maître, Jean-Marc Laville fait étalage d'un de ses plus beaux sourires. La peur lui crispe les lèvres. En le croisant alors qu'il va rejoindre le fond de la classe, Moussaoui lui passe une main sur les fesses et lui lance discrètement :

— Tapette !

Il ne réagit pas. Ce n'est pas la première fois que Moussaoui le menace. Il lui a déjà volé ses goûters de 4 heures, son argent de poche et même des livres. Mais Laville n'a jamais rien dévoilé à personne.

— Allez ! nous presse le maître, asseyez-vous vite ! Je vais commencer par vous rendre les compositions et les classements, puis nous terminerons la leçon de géographie de la dernière fois.

Tandis qu'un vent d'angoisse se met à souffler dans les rangs, M. Grand s'assied derrière une pile de copies qu'il a posée sur son bureau, à côté des carnets scolaires que nos parents devront signer. Des émotions fortes commencent à me perturber le ventre. Je pense au moment où M. Grand va dire : « Untel, premier ; Untel, deuxième. » Peut-être donnera-t-il d'abord le numéro de classement, puis le nom de l'élu ?

Premier : Azouz Begag ? Non. Ce n'était qu'un exemple. Chacun sait que c'est Laville qui va gagner la course. Bon, alors récapitulons. Il va annoncer : « Premier : Laville. » Et après ? Deuxième : ? Comme tous ceux qui espèrent, je fixerai les lèvres du maître pour voir mon nom sortir de sa bouche avant qu'il ne parvienne à nos oreilles. Si ce n'est pas moi, le deuxième, il faudra attendre la suite. Je préfère ne pas penser aux affres de cette torture.

Quelques élèves marquent des signes d'impatience. Le maître se lève, s'avance au milieu de l'allée centrale, la pile de carnets à la main, et lance le verdict :

— Premier...

La classe se raidit.

— Premier : Ahmed Moussaoui.

Stupéfaction. Horreur. Injustice. Le bruit et les choses se figent brutalement dans la classe. Personne ne regarde l'intéressé. Lui, Moussaoui, premier de la classe ! C'est impossible. Il ne doit même pas savoir combien font un plus un. Il ne sait pas lire, pas écrire. Mais comment a-t-il pu ?...

Le visage de Laville s'éteint. Il était persuadé d'être premier et le voilà grillé par un fainéant d'envergure supérieure, un même pas Français.

Le visage de M. Grand est impassible. Ses yeux restent rivés au papier qu'il tient dans les mains. Il ouvre à nouveau la bouche :

— Deuxième : Nasser Bouaffia.

Cette fois-ci, c'est moi qui vacille. Le maître doit être en train de lire son papier à l'envers, peut-être en arabe. Je tourne la tête vers Nasser. Ses yeux écarquillés se perdent dans le vide ; il tente de deviner, dans le visage de chacun de nous, un signe, la preuve qu'une conspiration a été montée contre lui, mais aucune réponse ne lui parvient.

C'est peut-être un miracle... Je me tourne du côté de Moussaoui. Le scepticisme se lit sur ses traits.

Et Laville se décompose de seconde en seconde. M. Grand lève un œil malicieux sur nous. Ça y est ! Je sais ce qu'il est en train de faire. Il continue d'annoncer les classements alors que quelques élèves commencent à sourire dans les rangs.

— ... Francis Rondet : avant-avant-dernier. Azouz Begag : avant-dernier. Et notre bon dernier : Jean-Marc Laville.

Maintenant, on rit de bon cœur dans la classe, y compris M. Grand qui commence à distribuer les carnets de composition. Il s'avance vers Moussaoui et lui annonce avec dédain :

— Irrécupérable !

Le voyou acquiesce d'un signe de la tête, l'air de dire : ton classement, je me le carre où tu penses !

Puis à Nasser :

— Irrécupérable !

Celui dont la mère avait tenté de me corrompre saisit son carnet puis se met à pleurer.

— C'est trop tard pour pleurer, dit M. Grand. Il fallait travailler avant...

Il arrive enfin vers moi et son visage s'illumine :

— Je suis très content de votre travail. Continuez comme ça et tout ira bien.

Il ne reste plus que Laville :

— Félicitations, Jean-Marc. Votre travail est excellent.

Je saisis mon carnet à pleines mains, avec une émotion si intense que j'ai envie de pousser un cri, d'embrasser le maître, en pensant à la fierté que va connaître mon père en apprenant la nouvelle. Le maître a inscrit dans une colonne : deuxième sur vingt-sept ; et dans une autre : très bon travail. Élève intelligent et travailleur. Je ne sais que dire, que faire, qui regarder. Là-bas, au premier rang, Laville jubile lui aussi, les yeux hypnotisés par le chiffre 1.

— A partir de demain, me suggère M. Grand, vous vous installerez à côté de Jean-Marc Laville.

— Oui, m'sieur, dis-je sans chercher à savoir pourquoi.

Laville se retourne vers moi, sourit comme un lauréat sourit à son dauphin. Je joue son jeu. M. Grand reprend alors son cours de géographie.

— T'es un intelligent, toi, me dit Hacène lorsque je lui annonce ma performance. Moi, je suis avant-dernier.

— Bravo ! m'encouragent Zohra et Staf en me tapant sur l'épaule.

Nous rentrons au Chaâba. Le pauvre Hacène traîne derrière le groupe. Je l'attends pour marcher avec lui.

— Pleure pas, lui dis-je.

— Ouais, dit-il en gémissant, en rentrant chez moi c'est moi qui vais prendre une tête grosse comme ça, c'est pas toi.

— Si tu pleures, tu vas avoir les yeux rouges. Si tu as les yeux rouges, ton père va remarquer que tu as mal travaillé, alors arrête de pleurer.

— Il a qu'à me taper, crie-t-il, je m'en fous.

— Dis pas ça. Attends. On va appeler la Zohra, elle va arranger ça, elle.

C'est en effet sur ma sœur que repose le sort de chaque écolier, au Chaâba. Elle traduit en arabe les appréciations du maître. Ce soir, par exemple, elle ira de baraque en baraque, annoncera le classement de chacun, tentera d'atténuer la sentence qui s'abattra sur les irrécupérables, montrera aux pères l'endroit où ils doivent marquer leur croix sur le carnet, pour approbation.

Elle rassure Hacène :

— T'en fais pas. Je dirai à ton père que tu as bien travaillé, ce mois-ci.

Puis elle passe son bras autour de son cou et le console encore :

— Pleure pas, va.

Le cousin se calme un peu.

L'opération camouflage a lamentablement échoué. Zohra est bien allée chez Saïd pour

commenter les résultats scolaires d'Hacène, affir-
mer même qu'il avait fait un travail satisfaisant,
mais le père, boucher à l'occasion, savait lire les
chiffres et compter. Et cela, ma sœur l'avait oublié.

Saïd a posé le doigt sur un zéro que le maître
avait cerclé de rouge et a demandé à Zohra :

— Qu'est-ce que c'est, ce zéro ?

Elle nous a dit qu'elle n'a pas su quoi répondre
sur le moment, puis qu'elle a soutenu qu'il s'agis-
sait d'un zéro de conduite sans importance. Mais
Saïd ne l'a plus cru à cause de son hésitation.
Alors, elle est rentrée à la maison en abandonnant
le malheureux Hacène à son sort.

Sur le chemin de l'école, le lendemain matin, le
cousin raconte sa nuit tourmentée :

— D'abord, il m'a tapé avec la ceinture, et pis
après il m'a attaché les mains derrière le dos et je
suis resté toute la nuit comme ça, par terre. J'ai
dormi à côté du poêle à mazout.

Nous poussons tous des cris d'horreur et Zohra
s'en veut de ne pas avoir été à la hauteur de la
situation.

— Maintenant, j'm'en fous, poursuit Hacène,
parce qu'il a déchiré mon carnet de composition et
il l'a mis dans le feu.

— Il l'a brûlé ! dis-je, complètement affolé par

cette tragédie. Et qu'est-ce que tu vas dire à ton maître ?

— Je dirai que je l'ai perdu.

— Non, intervient ma sœur. J'irai le voir et je lui expliquerai tout. Comme ça, tu n'auras pas besoin de mentir.

— Ouais, ouais. J'm'en fous. J'm'en fous, conclut le cousin.

Ça ne sert à rien d'insister. L'école est finie pour lui. Au fond de moi, j'ai soudain l'impression que, si Hacène ne peut pas réussir, c'est parce que la nature en a décidé ainsi, qu'il ne sera jamais intelligent. Et moi je suis deuxième ! Une joie infinie d'avoir été désigné par le destin m'envahit. J'essaie de résister à cette idée, mais elle reprend toujours le dessus.

Lorsque nous arrivons devant l'école, tous les élèves sont déjà en train de piailler dans la cour.

— Dépêchez-vous ! crie Zohra. Tout le monde est déjà rentré !

Nous pressons un peu l'allure et, au moment où je franchis la porte d'entrée, Jean-Marc Laville jaillit en face de moi comme s'il m'avait attendu toute la nuit.

— Bonjour ! dit-il.

— Bonjour ! Qu'est-ce qu'il y a ? fais-je, surpris.

— Je croyais que tu n'allais pas venir aujourd'hui. Tu sais qu'on doit se mettre ensemble dans la classe ?

— Ouais, je sais, dis-je froidement.

Je le relance avec les yeux. Il ajoute en souriant faussement :

— Je ne voulais pas être seul.

Il a besoin de moi, lui le premier de la classe, et le plaisir que je ressentais il y a quelques instants devant Hacène me fait palpiter encore un peu plus. Je ne sais pas ce que j'allais lui répondre lorsque j'ai aperçu Moussaoui, Nasser et deux autres Algériens de ma classe qui s'approchaient de nous.

— Toi, casse-toi de là ! ordonne Moussaoui à Jean-Marc en lui lançant un coup de pied dans le cartable.

Terrorisé, le génie se retire sur la pointe des pieds.

— Alors ? dit Moussaoui en me fixant d'un œil malicieux et plein de reproches.

— Alors quoi ? fais-je, sans me douter le moins du monde de ce qu'il peut bien me vouloir.

Ses yeux se font lance-roquettes et, méprisant, il lâche :

— T'es pas un Arabe, toi !

Aussitôt, sans même comprendre la signification de ces mots, je réagis :

— Si. Je suis un Arabe !

— Non, t'es pas un Arabe, j'te dis !

— Si, je suis un Arabe !

— J'te dis que t'es pas comme nous !

Alors là, plus aucun mot ne parvient à sortir de

ma bouche. Le dernier est resté coincé entre mes dents. C'est vrai que je ne suis pas comme eux. Moussaoui sent mon hésitation et il poursuit :

— Ah ! Ah ! Ah ! T'as bien ri la dernière fois quand le maître a dit : « Premier : Ahmed Moussaoui. Deuxième : Nasser Bouaffia. »

— Non, j'ai pas ri.

— T'as ri, j'te dis !

— Bon, ben, si tu veux, j'ai ri !

— Eh ben, t'es un con. C'est ce qu'on voulait te dire.

Une terrible impression de vide s'empare de moi. Mon cœur cogne lourdement dans mon ventre. Je reste là, planté devant eux, et, sur mon visage, mille expressions se heurtent, car j'ai envie de pleurer, puis de sourire, résister, craquer, supplier, insulter.

Nasser intervient :

— Et en plus, tu veux même pas qu'on copie sur toi !

Un autre renchérit :

— Et en plus, t'es un fayot. T'en n'as pas marre d'apporter au maître des feuilles mortes et des conneries comme ça ?

Il ajoute :

— Et à la récré, pourquoi tu restes toujours avec les Français ?

Chaque phrase résonne dans ma tête comme une porte que l'on défonce à coups de pied. J'ai honte.

J'ai peur. Je ne peux pas crâner car je crois qu'ils ont raison.

Là-bas, au fond de la cour, les élèves commencent à se ranger par deux, en face des maîtres. Je les regarde sans réaction. La sonnerie a dû retentir déjà. Je ne l'ai pas entendue.

Moussaoui me regarde droit dans les yeux :

— Je ne veux pas me battre avec toi, dit-il, parce que t'es un Algérien. Mais faut savoir si t'es avec eux ou avec nous ! Faut le dire franchement.

— Allez, on rentre ! lance Nasser. Ça a sonné.

Et ils partirent en direction de M. Grand.

J'ai dû m'asseoir au bureau de Jean-Marc Laville, à contrecœur. J'aurais pourtant bien voulu montrer à Moussaoui et aux autres cousins que je ne le désirais pas, mais c'était impossible parce que la suggestion venait du maître et que, si je voulais un jour être premier de la classe, il fallait que je le fasse.

Ils m'ont tous regardé avec mépris lorsqu'ils sont allés rejoindre le fond de la classe, comme s'ils attendaient de moi que je brave l'autorité du maître, ce matin.

Jean-Marc a essayé de me parler. Je crois qu'il me demandait si je voulais être à droite ou à gauche de notre bureau commun, et je lui ai répondu de se taire parce que M. Grand parlait. En réalité, je ne voulais pas que les cousins me voient échanger des mots avec lui.

Tout le monde est assis à présent. Le maître se lève à son bureau et prend la parole :

— Aujourd'hui, leçon de morale sur l'hygiène, dit-il.

Et pendant quelques minutes, il parla de la propreté, posa des questions du genre : Faut-il être propre ? Combien de fois faut-il se laver par jour ? Les élèves français répondirent avec zèle à toutes ces choses qu'ils connaissaient bien chez eux. Ils parlèrent de baignoire, de lavabo et même de brosse à dents et de pâte dentifrice. Au Chaâba, si l'on avait su que les règles de la propreté nécessitaient une telle minutie, on aurait beaucoup ri. Pour se laver la bouche, tous les grands de chez nous prennent un verre d'eau, gardent le liquide dans la bouche, contractent leurs mâchoires pour le faire circuler entre les dents, passent un doigt sur les incisives afin d'en nettoyer la surface, provoquent à nouveau des vagues dans la bouche et recrachent enfin un grand coup pour évacuer l'eau sale. On les entend ensuite racler les parois du fond de leur gorge pour en extraire les impuretés de la journée précédente et les propulser sur le bitume. Puis ils recouvrent de leur pied cette substance pour ne pas dégoûter leurs voisins. Et voilà. Pas besoin de brosse à dents ni de Colgate.

— Que faut-il pour bien se laver? demande à nouveau le maître.

Trois élèves lèvent le doigt.

— M'sieur! M'sieur! gazouillent-ils comme des nouveau-nés dans un nid d'oiseau.

M. Grand attend un instant que d'autres demandent la parole, puis il reformule sa question :

— Avec quoi vous lavez-vous tous les matins?

— M'sieur! M'sieur! sifflent toujours les téméraires.

— Jean-Marc, fait le maître en le désignant du doigt.

Il se lève :

— Une serviette et du savon!

— C'est bien. Et quoi d'autre?

— Du shampooing! dit un autre.

— Oui. Quoi d'autre encore?

Une idée jaillit dans ma tête. Instinctivement, je lève le doigt au ciel, ignorant les reproches que m'ont adressés les cousins il y a quelques minutes.

— Azouz! autorise M. Grand.

— M'sieur, on a aussi besoin d'un chritte et d'une kaissa!

— De quoi??! fait-il, les yeux grands ouverts de stupéfaction.

— Un chritte et une kaissa! dis-je trois fois moins fort que précédemment, persuadé que quelque chose d'anormal est en train de se passer.

— Mais qu'est-ce que c'est que ça ? reprend le maître, amusé.

— C'est quelque chose qu'on se met sur la main pour se laver...

— Un gant de toilette ?

— Je sais pas, m'sieur.

— Comment c'est fait ?

Je lui explique.

— C'est bien ça, dit-il. C'est un gant de toilette. Et vous, vous dites une kaissa à la maison ?

— Oui, m'sieur. Mais on l'utilise seulement quand on va aux douches avec ma mère.

— Et un chritte, alors, qu'est-ce que c'est ?

— Eh ben, m'sieur, c'est comme beaucoup de bouts de ficelle qui sont entortillés ensemble et ça gratte beaucoup. Ma mère, elle me frotte avec ça et je deviens même tout rouge.

— Ça s'appelle un gant de crin, conclut-il en souriant.

Je rougis un peu mais il m'encourage :

— C'est bien de nous avoir appris ça, en tout cas !

Un bref silence s'ensuivit. Puis il se mit à nouveau à nous exposer la théorie de l'hygiène. Je me rendis compte qu'au Chaâba nous étions de très mauvais praticiens, mais je ne le dis pas.

— Maintenant, reprend-il après avoir parlé pendant une demi-heure, vous allez tous enlever vos chaussettes et les mettre à plat sur vos tables. Je vais vérifier la propreté de chacun d'entre vous.

Une terrible angoisse me prend à la gorge. Mais elle s'atténue rapidement lorsque je me souviens que ma mère m'a fait mettre des chaussettes propres ce matin. Autour de moi, c'est le silence total, puis tous les élèves se baissent pour dénouer les lacets de leurs chaussures. Je m'exécute, mets le nez dans mes chaussettes pour en tester le parfum. Hum ! ça va. Je ne serai pas trop ridicule ! A côté de moi, Jean-Marc allonge sur la table les couleurs pures de ses chaussettes en Nylon. M. Grand passe dans les rangs, cueille ici et là quelques échantillons, se garde bien de les renifler trop profondément, mais les tourne dans tous les sens pour analyser la nature des taches et des trous.

— Pas très propre, ça ! Très bien ! dit-il à quelques-uns.

Tandis que certains sont fiers d'être conformes à la morale, d'autres se maudissent de n'avoir pas pensé à changer de chaussettes ce matin.

M. Grand parvient auprès de Moussaoui et de son équipe. Pas de chaussettes sur la table.

— Moussaoui, ôtez vos chaussettes et posez-les immédiatement sur le bureau, fait-il calmement.

L'élève hésite quelques instants, pose son regard sur la fenêtre et, finalement, se décide à parler en fixant le maître.

— Mes chaussettes, je les enlève pas, moi.

Pourquoi que je les enlèverais, d'abord ? C'est pas le service d'hygiène ici ? Et pis d'abord, vous êtes pas mon père pour me donner des ordres. J'enlèverai pas mes chaussettes. C'est pas la peine d'attendre ici !

M. Grand vire au rouge d'un seul coup, paralysé par la surprise. Ça doit être la première fois de sa vie d'instituteur qu'il a à faire face à une telle rébellion.

Moussaoui résiste, plus déterminé que jamais. Peut-être est-il respectueux des narines de son adversaire, après tout ?

— Tu as les pieds sâles. C'est pour ça que tu ne veux pas ôter tes chaussettes, rétorque le maître qui, sans s'en rendre compte, tutoie son élève.

Alors, l'incroyable se produit. Moussaoui, le rire jaune, le foudroie d'un regard méprisant, avant de lui lancer :

— T'es rien qu'un pédé ! Je t'emmerde.

Un froid givrant mortifie la classe. Pendant quelques secondes, on entend le maître balbutier. Les mots ne parviennent pas à ses lèvres. Il est décontenancé. Moussaoui s'enhardit. Il se lève, se place dos à la fenêtre, de profil par rapport au maître, poings serrés, et lui crie :

— Si tu veux te battre, pédé, viens. Moi, tu me fais pas peur !

M. Grand ne parvient même plus à rire de

cette situation grotesque. Il retourne à son bureau et, sans regarder Moussaoui, lui dit :

— On réglera ça chez le directeur !

Le cousin se rassied en desserrant sa garde.

— Le directeur ? Je le nique, avertit-il avant de se situer à un niveau plus général. Et d'abord, je vous nique tous ici, moi, un par un.

— Vous serez expulsé de l'école, pauvre idiot.

— Tu sais où je me la mets, ton école ?

— Bon, ça suffit maintenant, dit le maître, sinon je vais me fâcher pour de bon !

— Fâche-toi ! Fâche-toi ! s'excite à nouveau le rebelle en sautillant sur ses jambes, à la Mohamed Ali. Viens ! Viens ! Je t'attends !

— Mais, c'est qu'on va être obligé de l'enfermer, ce forcené ! suggère M. Grand en se tournant vers nous.

— Pédé ! réitère Moussaoui en raclant le P dans sa gorge.

— Continuez ! Quand vos parents ne toucheront plus les allocations familiales, vous serez content !

Ces derniers mots assomment Moussaoui. L'argument est de taille. Qu'on l'expulse de l'école, soit, mais qu'on touche au portefeuille de son père parce qu'il ne veut pas montrer ses chaussettes au maître, non ! La peur apparaît sur son visage et ses yeux retombent sur son bureau, vaincus. Le moribond grommelle encore dans sa bouche quelques mots incompréhensibles, puis, soudainement, une lueur jaillit de son corps tout entier.

— Vous êtes tous des racistes ! hurle-t-il. C'est parce qu'on est des Arabes que vous pouvez pas nous sentir !

M. Grand a les cartes en main. Il attaque :

— Ne cherchez pas à vous défendre comme ça. La vérité, c'est que tu es un fainéant et que les fainéants comme toi ne font jamais rien dans la vie.

— Quel pédé ! fait Moussaoui en se tournant vers Nasser. Il croit qu'on n'a pas compris pourquoi il nous mettait toujours dernier au classement.

Peureux comme il est, Nasser ne sait où cacher son regard. Il ne tient pas du tout à couper les allocations familiales à ses parents.

— Menteur ! poursuit M. Grand. Regardez Azouz... (Toutes les têtes se retournent alors vers moi.) C'est aussi un Arabe et pourtant il est deuxième de la classe... Alors, ne cherchez pas d'alibi. Vous n'êtes qu'un idiot fainéant.

La réplique me cloue sur ma chaise. Pourquoi moi ? Quelle idée il a eue, là, le maître, de m'envoyer au front ? Moussaoui a la bouche ouverte sur son cahier. Il était sur le point de riposter encore une fois, de prouver au maître qu'il était raciste, et voilà qu'il reçoit en pleine face une vérité implacable. C'est fini. Il agonise. Et cheikh au roi ! A cause de moi !

Tandis que les dernières paroles du maître

résonnent encore dans la classe et dans ma tête, le cours reprend. M. Grand parle à nouveau normalement, mais là-bas, dans le coin des bourricots, comme il dit, Moussaoui et ses complices parlent en arabe à haute voix, sourient, s'agitent sur leurs chaises. C'est une rébellion caractérisée. Mais le maître demeure de marbre. Et moi, je n'existe plus, je ne l'écoute plus. J'ai peur des représailles des cousins.

Quelques instants plus tard, la sonnerie me sort de ma torpeur. Alors que nous nous dirigeons vers la cour de récréation, quelques élèves français commentent à voix basse le coup d'État des Arabes du fond de la classe. Une fois de plus, je repousse Jean-Marc Laville qui cherche à entretenir des relations d'élite entre nous.

— Il nous embête toujours et, après, il dit qu'on est des racistes ! Je l'aime pas, ce mec. Et toi ? m'a-t-il confié.

— C'est pas mes histoires ! lui ai-je répondu brutalement.

Et il est allé rejoindre ses semblables.

J'allais voir Hacène qui jouait aux billes dans un coin de la cour lorsque Moussaoui s'est approché de moi, suivi de sa garde impériale. Ses yeux brillaient de haine.

— Qu'est-ce que tu me veux encore ? ai-je dit.

— Viens, on va plus loin. Il faut que je te parle.

Nous nous éloignons de l'endroit où les maîtres

et le directeur sont réunis. D'ailleurs, j'aperçois M. Grand au milieu d'eux en train de commenter ce qui vient de lui arriver.

— Tu vois, me fait Moussaoui, nous on est des Arabes et c'est pas un pédé de Français qui va nous faire la rachema en reniflant nos chaussettes devant tout le monde.

— Et alors ?

— Et alors... et alors ? Toi, t'es le pire des fayots que j'aie jamais vus. Quand il t'a dit d'enlever tes chaussettes, qu'est-ce que t'as dit ? Oui, m'sieur, tout de suite... comme une femme.

— Et alors ?

— Eh ben dis-nous pourquoi ?

— Eh ben c'est parce que c'est le maître ! Et pis d'abord je m'en fous parce que ma mère elle m'a donné des chaussettes toutes neuves ce matin...

Tandis que Moussaoui manifeste des signes d'exaspération, Nasser le supplée :

— Nous, on est tous derniers, t'es d'accord ?

— Ouais.

— Et pourquoi qu'nous on est tous derniers ?

— Je sais pas, moi !

— Tu vois pas que le maître, c'est un raciste ? Il aime pas les Arabes, je te dis...

— Je sais pas !

— Ah, c'est vrai, il sait pas, reprend Moussaoui. C'est normal, c'est pas un Arabe.

Les autres acquiescent.

— Si ! Je suis un Arabe !

— Si t'en étais un, tu serais dernier de la classe comme nous ! fait Moussaoui.

Et Nasser reprend :

— Ouais, ouais, pourquoi que t'es pas dernier avec nous ? Il t'a mis deuxième, toi, avec les Français, c'est bien parce que t'es pas un Arabe mais un Gaouri comme eux.

— Non, je suis un Arabe. Je travaille bien, c'est pour ça que j'ai un bon classement. Tout le monde peut être comme moi.

Un troisième larron intervient avec une question rituelle :

— Eh ben dis pourquoi t'es toujours avec les Français pendant la récré ? C'est pas vrai que tu marches jamais avec nous ?

Les autres inclinent la tête en signe d'approbation. Que dire ?

— Tu vois bien que t'as rien à dire ! C'est qu'on a raison. C'est bien ça, t'es un Français. Ou plutôt, t'as une tête d'Arabe comme nous, mais tu voudrais bien être un Français.

— Non. C'est pas vrai.

— Bon, allez, laissez-le tomber, fait Moussaoui. On parle pas aux Gaouris, nous.

Et ils s'éloignèrent, me méprisant de la tête aux pieds, comme s'ils avaient démasqué un espion.

J'ai beau essayer de faire le malin, me dire qu'ils sont jaloux de moi, j'ai quand même l'impression

que M. Grand m'a joué un bien mauvais tour.
J'ai terriblement honte des accusations que
m'ont portées mes compatriotes parce qu'elles
étaient vraies, Je joue toujours avec les Français
pendant la récré. J'ai envie de leur ressembler.
J'obéis au doigt et à l'œil à M. Grand.

Les heures ont passé lentement. L'après-midi,
le directeur est venu dans notre classe chercher
Moussaoui et nous ne l'avons pas revu.

Le soir, à la sortie de l'école, lorsque j'ai
retrouvé tous les gones du Chaâba, je n'ai rien
dit à personne. Nous sommes rentrés tranquillement aux baraques, comme d'habitude.

T'es pas un Arabe! T'es un Français! Faux
frère! Fayot! Mais que leur ai-je donc fait, aux
cousins de la classe? T'es pas un Arabe! Si! Je
suis un Arabe et je peux le prouver : j'ai le
bout coupé comme eux, depuis trois mois maintenant. C'est déjà pas facile de devenir arabe, et
voilà qu'à présent on me soupçonne d'être infi-
dèle.

Ah! ils croyaient me cacher que mon jour
était arrivé, mes chers parents, mais je n'étais
pas dupe. Plusieurs jours avant la cérémonie, ils
avaient commencé à nous mettre en condition,
Moustaf et moi.

A son petit agneau, ma mère répétait sans cesse :

— Mais dis-moi, qu'est-ce que tu vas faire avec tout l'argent que tu vas gagner ? Tu m'en donneras un peu ? Qu'est-ce qu'il en a, de la chance, mon petit agneau !

Tu parles d'une chance ! J'aurais volontiers cédé mon tour pour une bouchée de pain. J'avais déjà assisté à la montée sur l'échafaud d'un gone, envié sa soudaine richesse, mais je préférais malgré tout rester misérable.

Quatre jours avant le week-end décisif, les femmes avaient roulé le couscous dans d'énormes cuvettes. Ma mère avait utilisé celle dont elle ne s'était jamais séparée depuis El-Ouricia. Pendant la fabrication du couscous, une ambiance des grands jours enveloppait le Chaâba. Une dizaine de femmes étaient adossées contre le mur des baraques, assises sur leur séant bien rempli, la jambe gauche tendue, l'autre complètement repliée, coinçant ainsi la cuvette dans laquelle les grains étaient roulés et accouplés. Les tamis, l'eau, le sel, la semoule... Tout y passait dans un rythme scandé par les mouvements des bras. Une femme faisait le service, passant auprès des travailleuses pour proposer un café. Le mange-disques crachait des chants sétifiens, tandis que les enfants tournoyaient comme des mouches autour de leurs mères et des pâtisseries qui accompagnaient le café.

Le bourreau était prévenu.

Le vendredi soir, l'ambiance était presque à son apogée au Chaâba, les bendirs battaient la cadence, les femmes, isolées dans la baraque des cousins, roulaient le nombril, et les hommes, regroupés chez nous, assis sur des chaises, racontaient la vie en France. Les enfants naviguaient entre les deux fêtes, picorant à droite, à gauche, dans les assiettes.

Je ne me souviens pas avoir dormi, tant la peur m'a serré le ventre. Sans relâche, j'ai interrogé mon frère :

— Dis-moi, ça fait mal ?

— J'en sais rien, moi, c'est la première fois aussi.

— Tu crois qu'on va gagner des ronds ? Et qu'est-ce qu'on va faire avec ? J'ai envie de m'acheter un vélo. Tu crois que le papa, y va vouloir.

Moustaf a fini par s'endormir.

Dans la nuit, j'ai vu un homme poilu qui s'approchait de moi, brandissant dans sa main une lame de rasoir, ricanant comme un fou. Lorsqu'il a posé sa main meurtrière sur ma tête, j'ai sursauté dans un ultime effort pour me dégager de son étreinte. Je me suis réveillé en me redressant brutalement. Ma mère était là, debout devant mon lit, souriante. Elle venait me réveiller.

Samedi, 7 heures du matin. Le jour le plus long.

Me traiter de faux frère, avec tout ce que j'ai donné !

Ma mère nous a fait prendre un bain dans la bassine familiale, nous a passé une culotte blanche à chacun et une gandoura resplendissante de pureté, tombant jusqu'aux chevilles. Autour du cou, un foulard vert noué de plusieurs nœuds.

9 heures du matin. Nous étions prêts, marchant, errant dans le quartier, hagards, angoissés, en attendant l'arrivée du tahar. Des convives arrivaient, nous embrassaient, nous encourageaient par des tapes amicales sur la tête. Enrobées dans de longs binouars aux mille reflets, arborant des bijoux en or au cou, aux poignets, autour du ventre, aux doigts, les femmes paradaient dans la cour.

A l'annonce du tahar, mon sang a cessé de circuler. Un homme, grand, de type européen, moustaches, vêtu d'un costume marron « made in les puces de Villeurbanne » et d'une cravate découpée dans un vieux rideau vert. Il portait un cartable. Mon père l'a accueilli et introduit dans la pièce centrale où un matelas avait été posé par terre, coiffé par deux énormes oreillers aux taies brodées.

Le tahar nous a appelés. Après quelques paroles apaisantes, il a relevé nos gandouras jusqu'au nombril, baissé nos culottes et palpé notre bout de chair.

— Ça va bien ! a-t-il conclu, sourire aux lèvres.

Comment tu t'appelles, toi ?

— Azouz.

— Tu es un grand garçon, Azouz.

A midi, les invités ont fait honneur aux quintaux de couscous, à la sauce garnie des légumes les plus variés, aux morceaux de mouton, aux pastèques, aux dattes, aux gâteaux de semoule et au miel.

2 heures. Le tahar s'est levé de table pour pénétrer dans la salle d'exécution. Quelques hommes l'avaient suivi, nous entraînant avec eux. Les femmes étaient déjà là. Blotties dans un coin, elles chantaient, tapaient sur les bendirs, s'égosillaient. Deux chaises ont été placées près de la fenêtre. Le tahar prépara ses instruments et ses produits et, lorsqu'il a fait un signe aux hommes debout près de moi, ma mère a commencé à pleurer.

Quatre hommes se sont alors emparés de moi. En une fraction de seconde, j'étais hissé sur la potence, les membres immobilisés. Des torrents de larmes de principe jaillissaient de mes yeux, et l'eau d'colonne que me lançait ma mère sur les cheveux et le front attisait ma douleur. Des invités se sont approchés de moi, ont glissé furtivement des billets dans le nœud de mon foulard vert, en criant des encouragements pour être entendus.

Le tahar m'a pris le sexe dans les doigts, a fait émerger le gland rose. En voyant cette opération, la douleur a commencé à m'envahir et j'ai pleuré très fort. Ensuite, il a tiré vers l'avant toute la peau superflue en poussant mon gland vers l'arrière, avec son pouce. J'ai hurlé, mais le cri de ma souffrance était couvert par les chants et les youyous des femmes.

— Mon fils est un homme, il ne pleure pas, me répétait mon père.

Puis l'homme au costume, un genou à terre, a sorti son arme : des ciseaux chromés, brillants, fins, élancés. A cette vision cauchemardesque, mon corps tout entier s'est raidi, les muscles de mes jambes ont gonflé, mes yeux allaient fuir de leur caverne.

— Abboué, dis-lui d'arrêter ! Abboué, non, je ne veux pas ! Arrêtez ! Arrêtez ! Non...

— C'est très bien, mon fils, tu ne pleures pas ! clamait toujours mon père.

J'ai tenté de donner de l'élan à mon corps pour échapper à l'étreinte de mes bourreaux. J'ai plié mes jambes et les ai tendues violemment pour leur faire lâcher prise. En vain.

Dans la cohue des femmes collées les unes contre les autres, dégoulinantes de sueur, j'ai reconnu ma mère. Elle se passait un mouchoir sur le front et sur les yeux pour éponger la chaleur et la douleur.

— Emma ! Emma, dis-lui que je ne veux plus qu'il me coupe ! Dis-lui que je ne veux plus ! Emma, je t'en prie !

Elle a détourné la tête pour mieux pleurer.

J'ai craché sur Bouchaoui qui me serrait une jambe. Il a souri. J'ai insulté et maudit tout le monde. En vain.

Le tahar a porté sur moi un regard méchant puis a lancé :

— Arrête de bouger maintenant, ou je coupe tout.

Je me suis calmé.

Les deux branches des ciseaux ont pris mon bout en tenaille et le sang a giclé comme dans un barrage éventré. Je me suis abandonné à la souffrance tandis que le tahar saupoudrait mon bout écorché de quelques poignées de coagulant. Puis il m'a pris dans ses bras pour me poser sur le matelas. Du reste, je n'ai plus de souvenirs. Ma mère et plusieurs vieilles femmes, en chantant des rites anciens, sont allées dans le remblai enterrer mon bout de chair avec des grains de couscous. Il y est toujours.

Dix jours sans pouvoir enfiler la moindre culotte, sans oser pisser de crainte de détacher mon bout restant, dix jours à marcher en canard pour éviter les frottements. Non, cousin Moussaoui, j'ai passé mon diplôme d'Arabe. J'ai déjà donné.

En devenant bon musulman, j'ai perdu un bout de moi-même, mais j'ai gagné un vélo rouge. Mon

père a longtemps résisté à cause d'une peur viscé-
rale que lui inspiraient ces engins et de la proxi-
mité du boulevard de ceinture. Pour aller au
travail, il emprunte cette voie de circulation avec
sa Mobylette et il connaît les dangers qu'elle
représente.

— Il est à moi cet argent! dis-je en lui désignant les billets récupérés lors de la circoncision.
Tu m'avais dit que je pourrais acheter ce que je
veux avec. Alors, je veux m'acheter un vélo!

— Rembourse-moi alors tout l'argent que j'ai
dépensé pour ta fête et je te donnerai celui que les
invités t'ont donné!

C'est ainsi que mon père m'a fait perdre espoir
de rouler un jour en vélo.

Pourtant, quelque temps plus tard, en rentrant
du travail, il avait un vélo rouge accroché au
garde-boue arrière de sa Mobylette. Je l'ai embrassé pendant un quart d'heure, lui ai promis
que je ne l'utiliserais jamais plus loin que le
remblai, que je n'irais jamais du côté du boulevard, que je travaillerais encore plus fort à l'école
pour lui faire plaisir.

A ce dernier argument, il avait réagi :

— Ah ça non, mon fils. Si tu travailles à
l'école, c'est pour toi et pas pour moi. C'est ta vie
que tu prépares, pas la mienne.

J'ai malgré tout pris le vélo rouge et effectué un
tour d'essai sous son œil anxieux.

— Regarde ! Tu vois bien que je sais en faire.

— Oui, oui, je vois. Mais rentre-le maintenant, tu vas l'abîmer.

— Non, pas encore, Abboué, pas encore. Regarde, je suis là, je vais pas loin.

— Rentre-le, j'ai dit. Commence pas...

Je me suis exécuté, plutôt lentement, pour marquer mon exaspération. Le père commençait déjà à m'énerver.

Les semaines ont passé sans que je puisse utiliser à mon aise le vélo. Ma mère a subi des pressions pour m'interdire de le sortir pendant l'absence du chef de maison. C'est pour cela qu'à la première occasion, lorsque Rabah a proposé d'aller chercher de la luzerne pour ses lapins, à Vaulx-en-Velin, j'ai attendu qu'elle soit sortie vers l'bomba pour subtiliser mon vélo.

Nous étions six à rouler sur le boulevard, sur la route nationale, jouant à faire la course. Nous n'avons pas compté les kilomètres, ni le temps, enivrés par la vitesse, le bitume, les grosses voitures qui nous doublaient, le paysage qui défilait. Plus rien d'autre ne comptait, même pas Bouzid. Sur le retour, nous sommes passés par Villeurbanne pour voir la vogue. Ensuite les putes. Une journée bien remplie.

La nuit était tombée lorsque nous sommes rentrés au Chaâba. Dans la pénombre, Bouzid nous attendait, les mains croisées derrière le dos.

115

On ne pouvait pas lire les traits de son visage. A quelques pas, des hommes et des femmes attendaient aussi. J'ai reconnu ma mère. Elle paraissait terrorisée.

Mes jambes m'ont abandonné et, lorsque mon père s'est approché de moi, j'ai porté les deux mains sur ma tête pour me protéger des coups, mais rien n'est venu. Seulement un ordre :

— Donne-moi ton filou !

Sans chercher à comprendre, trop heureux de m'en tirer à si bon compte, je suis descendu de mon engin et le lui ai tendu fébrilement. Je restais malgré tout sur mes gardes.

Il s'est dirigé alors vers les autres :

— Descends, toi aussi. Toi aussi. Toi aussi.

Puis à Rabah :

— Et toi ! Allez, comme les autres, descends ou je te fais descendre !

Le gone a dû insister sur son rictus habituel, celui par lequel il manifeste son orgueil, il n'a pas eu le temps d'esquiver la terrible poignée de main que mon père lui a envoyée sur la joue. Son rictus a disparu. Sa mère et son père sont restés muets.

Bouzid s'est alors emparé de tous les vélos, les a entassés au milieu de la cour du Chaâba sous nos regards incrédules, a saisi une masse qu'il avait préparée, l'a soulevée au-dessus de sa tête dans un mouvement sûr et tranquille, et l'a laissée retomber plusieurs fois... jusqu'à ce que, de nos filous aux couleurs vives, il ne reste plus qu'un souvenir.

Mon vélo étant en dessous du tas, j'espérais qu'il en resterait quelque chose. En constatant le désastre, j'ai serré les dents pour ne pas cracher mon mépris. J'avais cédé mon bout de chair pour rien.

Depuis qu'il n'y a plus de vélo au Chaâba, je reste toujours aux alentours de la maison, les jours où il n'y a pas d'école. Mon père ne veut plus que nous allions au marché, ni sur les berges du Rhône, ni sur le boulevard. L'escapade de la dernière fois l'a traumatisé. Ma mère se plaint de plus en plus de moi et son taux de « moufissa » augmente régulièrement. Ce matin, elle a décidé de prendre un bain dans la bassine verte. L'eau bout depuis longtemps sur la cuisinière.

Emma ôte son binouar, s'installe de toute sa rondeur au milieu de la cuve. On dirait un nouveau-né, bien grassouillet, agenouillé dans une minuscule casserole. Zohra commence à lui verser un bidon d'eau tiède sur les cheveux pour faire mousser le shampooing. Le liquide se répand sur le lino.

— Vas-y doucement ! Tu vas me noyer ! s'exaspère Emma.

Zohra se tourne vers moi, amusée, un peu ironique.

La mère s'insurge :

— Ça te fait rire ?

Puis à moi :

— Et toi ? Qu'est-ce que tu regardes ? Allez, dehors !

Il fallait s'y attendre. C'est toujours moi qui paie. Quand je reste à la maison, on me dit de sortir, et quand je suis dehors, on me dit de rentrer.

Hacène passe devant la fenêtre. Il me fait signe de le rejoindre.

— Qu'est-ce que tu fais ?

— Rien, j'allais sortir.

— On pourrait aller pêcher au Rhône ?

— T'es dingue ou quoi ? Tu veux qu'mon père y m'égorge !

—— T'as les mouilles ?

—— Bien sûr qu'j'ai les mouilles ! Regarde les marques que j'ai au cul. C'est à cause de la dernière fois qu'on a été au Rhône, quand mon père est venu nous chercher.

Il comprend mieux mon hésitation. Il suggère encore :

— Eh ben, on n'a qu'à aller à la cabane. On restera pas longtemps, si tu veux...

Nous faisons quelques pas en direction de la maison de la Louise. Deux gamins lancent des pierres sur la pancarte où on peut lire : « Remblai. Décharge interdite sous peine d'amende. » Un projectile atteint la cible qui résonne comme un gong.

Un peu plus loin, Saïda promène son petit frère dans la poussette. Elle porte les chaussures à aiguilles qu'elle a récupérées la semaine dernière dans les poubelles déversées par un camion. Elle marche comme une grande dame. Hacène l'interpelle en lui soulevant la jupe.

— T'es con ! Arrête ou je vais tout rapporter à ta mère !

— Ah ! Qu'est-ce qu'elle est bête celle-là ! On peut même pas s'amuser.

Puis, se tournant vers moi :

— Allez, viens, on va à la cabane.

Saïda reprend :

— Vous allez à la cabane ? J'vais avec vous ?

— Si tu veux, lui répond Hacène. Tu feras le ménage pendant qu'on ira chasser.

— D'accord ! Attendez-moi.

Elle court chez elle déposer son petit frère et rapplique aussitôt après, excitée par l'idée de se joindre aux garçons. Sur le chemin, Hacène ne cesse de porter les mains sur ses fesses, mais elle se rebiffe de moins en moins.

La cabane est toujours là, dans le creux intime du chêne. Saïda bricole un balai avec des branches et commence à nettoyer l'intérieur. Quelques instants plus tard, elle s'arrête puis vient s'asseoir juste en face de moi, en tailleur.

Je lui demande :

— Qu'est-ce qu'on fait ?

— On se raconte des blagues de Toto ? suggère Hacène. J'en connais une ! Toto et pince-moi sont dans un bateau. Toto tombe à l'eau. Qui c'est qui reste ?

— Pince-moi ! s'écrie Saïda, tout heureuse d'avoir trouvé la solution.

Je la pince sur les fesses.

— Gros con !

Nous pouffons de rire. Elle se fâche.

— J'm'en vais...

Je la retiens par la robe.

— Non, attends. Regarde. T'as déjà vu une zénana coupée ? Tu veux voir la mienne ?

— Non. C'est dégueulasse !

— Non. Maintenant, on ne voit plus rien. C'est guéri.

Après avoir défait ma braguette, je sors mon outil et le dévoile sous toutes ses coutures. Elle paraît intéressée.

— T'as vu qu'c'est pas sâle !

— Ouais, j'ai vu.

— Et si on s'enculait comme les grands ?

Elle rougit de peur, tandis qu'Hacène encourage, malgré sa surprise :

— Ah ouais ! On s'encule comme les grands !

— D'accord. Mais si ma mère nous voit?

Je la rassure :

— Elle n'est pas là, ta mère. Et pis d'abord, on répétera rien à personne. Enlève ta culotte!

Après quelques secondes d'hésitation, elle s'exécute.

— Et maintenant, comment on fait? dit-elle.

Je m'approche d'elle, ma zénana entre les doigts. Alors Saïda s'assied sur ses fesses, entrouvre ses jambes pour m'offrir son intimité. Je dépose délicatement mon marteau sur son enclume et j'attends, dans cette étrange position, que les choses se fassent. Quelles choses? Pas la moindre idée.

— Alors! Qu'est-ce qu'il faut faire? demande Saïda.

— Rien, lui dis-je. On s'encule et c'est tout!

Hacène intervient après avoir sagement suivi la leçon.

— Moi aussi, j'veux enculer!

Il dégaine à son tour et m'imite.

— C'est comme ça qu'ils font, nos parents? interroge la fille.

Personne ne lui répond.

Au bout d'un instant, content d'avoir lui aussi enculé, Hacène remonte son pantalon, l'air très sérieux.

Soudain, une voix très nette résonne dans les troncs des arbres de la forêt. Ça vient du Chaâba.

— Saïda! Saïda!

121

La fille crie aussitôt :

— C'est ma mère !

Elle enfile sa culotte, rajuste sa robe et supplie une ultime fois :

— Vous rapporterez rien, hein ? !

— Non, non, n'aie pas peur… dis-je en même temps qu'Hacène.

Elle disparaît derrière les arbres.

Dès le lendemain, tous les gones du Chaâba savaient que Saïda s'était fait enculer.

Nous étions en train de marcher vers l'école quand nous avons croisé les deux 404 et le panier à salade de la police qui se dirigeaient vers le Chaâba.

— Ils vont chez nous ! s'écrie Rabah.

Nous rentrons tous à la maison en courant derrière les véhicules qui roulent à faible vitesse à cause des trous.

Ils s'arrêtent effectivement sur le terre-plein du Chaâba, et des hommes en uniforme se précipitent devant le portail. L'un d'eux, sans doute un inspecteur, interroge :

— Qui c'est le chef, ici ?

Hacène se rapproche de moi.

— Ils sont venus pour les putes. J'en suis sûr.

— Ça m'étonnerait !

— C'est peut-être un de leurs clients à qui on a fait péter le pare-brise qu'a dû nous dénoncer.

— T'as p'têt raison, finalement.

— Alors, y a personne qui parle français, là-dedans ? continue de crier l'inspecteur par-delà le portail.

Puis il fait signe du doigt à trois policiers qui, aussitôt, font le tour du Chaâba, l'œil inquisiteur. L'inspecteur nous lance un regard loin d'être amical.

Deux femmes, dont ma mère, arrivent devant le portail. Elles ont enveloppé leur tête dans des serviettes de bain, par pudeur.

L'inspecteur formule le but de sa visite :

— Vous avez des abattoirs clandestins ici. Où ils sont ?

Les femmes restent muettes. Elles lèvent leurs mains ouvertes vers le ciel pour montrer leur ignorance.

— Moutons... boucherie... couik... couik... fait l'inspecteur en mimant le passage du couteau sur la gorge de l'animal.

Cette fois, ma mère a compris.

— Si pas. Moi bâs barli roumi. Bas couprand...

L'inspecteur perd patience, agacé par ma mère qui ne cesse de répéter : « Bas couprand ! Bas couprand ! »

— Vous êtes tous les mêmes. Vous ne comprenez jamais le français devant les flics.

Puis, en se tournant vers un collègue :

— Y a que pour leur intérêt qu'ils savent parler français. Allez, on y va. Vous deux, par là. Toi, de ce côté. Les autres avec moi.

Les policiers pénètrent chez nous et fouillent tout de fond en comble. Rien. Pas la moindre odeur de sang de mouton à se mettre sous le nez. Pas la moindre bouclette de laine à palper. Ils sortent en nous regardant de la tête aux pieds. Arrivé à la hauteur du portail, l'inspecteur jette un nouveau regard sur ses suspects... Un frisson me parcourt le corps. L'inspecteur sourit, fait trois pas jusqu'à moi, me fixe dans les yeux :

— Tu vas à l'école, p'tit ?

— Oui, m'sieur.

— Dans quelle école tu vas ?

— A l'école Léo-Lagrange, m'sieur.

— Et tu travailles bien à l'école Léo-Lagrange ?

— Oui, m'sieur. Maintenant, je suis dans les premiers. Avant...

L'inspecteur m'interrompt :

— C'est bien, ça. Il faut travailler à l'école, tu sais. Un jour, tu pourras être toi aussi inspecteur de police, si tu veux. Mais, dis-moi, il faudra que tu fasses respecter la loi. Tu crois que tu pourras faire ça, toi ?

— Bien sûr, m'sieur. A l'école, on apprend des leçons de morale.

— Ah ? Alors, tu pourras être un grand inspecteur. Mais au fait, tu peux me dire où les moutons sont égorgés, ici ?

— Si, m'sieur. Je sais où c'est. C'est mon oncle qui fait le boucher. Il tue les moutons derrière les baraques au fond du jardin. Vous voyez le pommier, là-bas ! Eh ben, c'est juste derrière.

— Passe devant et indique-moi comment on arrive là-bas, monsieur le futur inspecteur.

Fier de moi et sous les regards stupéfaits des femmes du Chaâba, je conduis les représentants de l'ordre et de la justice jusqu'à la mare de sang séché. Au-dessus pendent des crochets, où l'oncle suspend les bêtes pour les dépecer. Ici et là sont jetées des peaux de mouton encore fraîches qui attendent d'être traitées. Elles dégagent une odeur effroyable, que l'inspecteur ne supporte pas.

Deux policiers s'approchent de l'installation. L'un d'eux sort un appareil photo de son étui et photographie l'atelier dans tous les angles. Je ne comprends plus.

— Allez, maintenant on s'en va, commande l'inspecteur.

En passant devant les femmes qui ont observé la scène, il tend un papier à ma mère sur lequel il a griffonné à la hâte quelques mots.

— Vous donnerez ça au propriétaire de la maison. C'est une convocation pour le commissariat de Villeurbanne. Ce soir, avant 6 heures. Compris ?

Ma mère ne comprend toujours pas le français. Elle lève les bras, comme si, menacée, elle se rendait. L'inspecteur se tourne alors vers moi.

— Tu sais lire, toi ?

— Oui, m'sieur.

— Alors tu liras ce papier au propriétaire de la maison.

— C'est mon père, m'sieur.

— Eh bien, tu lui diras qu'il vienne ce soir avant 6 heures, avec ton oncle le boucher, au commissariat de Villeurbanne. Tu seras un grand garçon.

Il me fait un clin d'œil.

— Oui, m'sieur l'inspecteur. Je vais dire tout ça à mon père.

Les uniformes remontent dans leurs véhicules et s'en vont du côté du boulevard. A peine ont-ils disparu du chemin que Zidouma se jette sur moi, les crocs en avant :

— Espèce d'idiot, tu pouvais pas la fermer ? Tu l'as fait exprès, hein ? Dis-le que tu l'as fait exprès !

Elle me tire les cheveux en me secouant la tête. Il me semble que j'ai dû faire quelque chose de grave. Ma mère intervient :

— Est-ce que tu vas laisser mon fils tranquille ? Je t'interdis de le toucher. Ce n'est pas de sa faute s'il a fait ça. Tu vois bien que c'est un innocent. D'abord, c'est bien fait pour vous. Non seulement vous faites des choses illégales chez nous, que demain tous les journaux vont parler de nous, mais

126

en plus tu veux frapper mon fils ! Ah ça non, alors...

— Tu es jalouse, affirme Zidouma, parce que mon mari gagne plus d'argent que vous avec sa boucherie.

— Moi je n'ai plus envie de te parler. Les hommes régleront ce problème entre eux ce soir, répond ma mère en me poussant dans le dos pour me faire rentrer dans la maison.

L'inspecteur m'a bien berné.

J'étais allongé sur le sol, absorbé par mon livre de lecture, lorsque mon père est rentré à la maison. Visiblement troublée, ma mère ne l'a pas regardé, a extrait de son sac la gamelle en fer-blanc dans laquelle il emporte son déjeuner, puis elle est allée la rincer dans le bassin.

Il s'est assis après avoir accroché son veston à la poignée de la porte, s'est relevé pour plonger sa main dans l'une des poches. Il s'est avancé vers moi et m'a tendu un paquet de bonbons, sans que ses lèvres aient exprimé le moindre sentiment.

— Tiens, prends ça. C'est pour toi.

J'ai pris l'offrande et aussitôt il est allé rejoindre sa place. Je me suis levé pour aller lui donner un baiser sur la joue, et là, il a souri.

— Gourmand. Tu partageras avec tes frères et sœurs.

Ma mère est rentrée, détournant toujours son regard.

— Apporte-moi mon café.

— Oui. Je vais le faire.

Zohra a alors crié :

— Ça va, Emma, je suis en train de le préparer.

Ma mère a fait trois pas en direction de la cuisine, a hésité, puis s'est retournée pour annoncer gravement :

— La boulicia est venue ici cet après-midi.

— Qu'est-ce que tu me racontes ? La boulicia ? Qu'est-ce que la boulicia serait venue faire ici ? Chez moi ?

Ma mère est restée muette devant l'avalanche de questions. Je me suis arrêté de lire, tandis que Zohra continuait de tourner le café dans la casserole en regardant son père.

— Allons, femme, parle ! Quel malheur est donc tombé sur nous, par Allah ?

— Pour les moutons de Saïd... C'est pour ses moutons qu'ils sont venus. Ils voulaient savoir où les moutons étaient égorgés. Azouz leur a montré l'endroit.

Une étrange lueur a jailli de ses yeux. Il a crié :

— On ne nargue pas impunément le diable. Cet homme est un démon. Jamais je n'aurais dû le laisser tuer des bêtes chez moi. Après tout, je n'ai que ce que je mérite. C'est moi le seul responsable. Maintenant, il va les bouffer, ses moutons !

En jurant à haute voix, il s'est levé pour sortir. Ma mère lui a assené un coup décisif.

— Il faut que tu ailles au koussaria, ce soir, avec lui.

— Quoi ? Au koussaria, moi qui n'ai jamais adressé la parole à la boulice... Ils vont nous expilsi de là maintenant, comme des chiens. Ah, frère de malheur ! Que ne t'ai-je pas abandonné à El-Ouricia ?

Ma mère s'est retranchée dans la cuisine, tremblante de peur.

— Arrête de tourner la cuillère, toi, dit-elle à Zohra. Tu ne vois pas que le café a débordé ? On a assez de malheurs comme ça.

Envahi par une haine violente, Bouzid est sorti de la maison, bien décidé à faire payer à son frère le prix du malheur qui nous accablait. Je l'ai suivi.

— Où est-il, ce démon ? Où se cache ce chien ? cria-t-il à Zidouma en bousculant du pied la porte de sa cabane.

— Dans le jardin ! répondit-elle, la tête haute en signe de rébellion.

— Vous êtes tous les mêmes, lui envoya-t-il à la face avant de refermer violemment la porte.

Saïd était là, dans son atelier, découpant à la hâte les restes de mouton que les policiers avaient découverts, soucieux sans doute d'aller les vendre avant de se rendre au commissariat.

— Salopard! A cause de toi, la boulicia vient chez moi, maintenant! Tu n'as donc aucun honneur, aucune honte, me faire ça à moi! Tu es maudit. Allah te fera payer ton ignominie.

Il s'empara hargneusement de tous les morceaux de viande, les jeta à terre dans la boue, les piétina comme s'il avait son frère sous ses chaussures.

— N'attends plus jamais rien de moi. Tu me dégoûtes. Va-t'en! Va-t'en! Prends ta famille, tes meubles, ta baraque... Va-t'en loin de ma vue, cracha-t-il en commençant à détruire l'atelier.

Saïd se couvrit les yeux en avalant sa salive. Quelle puissance le retenait de porter la main sur son aîné? Impossible. Inimaginable. On ne lève pas sa main sur le chef du Chaâba, même s'il nous souille au plus profond de soi.

Bouzid sortit du jardin, trébuchant sur une peau de mouton qui séchait par terre. Il lui envoya un terrible coup de pied. La peau s'enroula autour de sa chaussure.

— Allez, rentre à la maison, toi! Qu'est-ce que tu fais là? me cria-t-il.

Zidouma attendait devant l' bomba. Lorsqu'elle vit débouler mon père, elle le dévisagea pour la première fois de sa vie, la bouche tombante, le nez retroussé, les yeux noyés de haine.

Elle osa.

— Qu'est-ce que tu es donc? Allah en personne? Nous ne sommes pas tes esclaves. Tu n'es qu'un être humain. Et encore... Un être humain n'aurait jamais fait ce que tu as fait à mon mari. Trou si trou. Tu as toujours été contre nous... On dirait que tu es jaloux de lui. C'est à cause de ton fils que la boulicia a tout découvert, c'est lui que tu dois battre...

— Rentre chez toi, femme! Ces histoires ne te regardent pas!

— Non, je ne rentre pas chez moi. Je suis libre.

— Rentre dans ton trou, t'ai-je dit, ou bien je vais te faire rentrer!

— J'ai dit non. Frappe-moi! Allez! Frappe-moi!

Sur ces mots, mon père se jeta sur elle sans retenue, l'agrippa par les cheveux pour la traîner dans sa hutte. Les voisins sortirent, affolés par les cris, les pleurs des enfants. Trois hommes ceinturèrent mon père.

— Elle veut devenir un homme, maintenant, cette sâle. Écoutez-la, elle m'insulte. Lâchez-moi, je vais l'égorger, je vais boire son sang.

Zidouma, possédée par le diable, jurait de plus belle, maudissait, nous brûlait vifs sur un bûcher.

Après quelques minutes, on réussit à séparer les belligérants et à les enfermer dans leurs cages respectives. Des hommes restèrent auprès de

mon père. Ma mère et mes sœurs pleuraient.
Je pleurais aussi, désorienté.

— Lis-moi tout ça, vite !

— Mais si je lis en français, tu ne vas rien
comprendre, réplique Zohra en proposant à
mon père de traduire en arabe les idées essen-
tielles de l'article du journal local qui parle de
nous.

— Je comprends mieux que toi le français.
Tu me prends pour un âne ou quoi ? Lis tout,
je te dis, mot par mot. Et n'oublie rien, surtout !

Zohra s'exécute. Elle sait bien qu'il ne com-
prendra rien.

— « C'est au cours d'une perquisition menée
le mardi après-midi dans un bidonville de Villeurbanne que les policiers du commissariat de
Villeurbanne ont pu découvrir un important trafic de viande opéré par des Nord-Africains. Là,
dans des conditions hygiéniques déplorables, des
moutons étaient égorgés avant d'être découpés
et vendus, en dehors de tout contrôle réglemen-
taire, à une clientèle maghrébine, notamment
celle qui habite dans les chalets longeant le
boulevard Laurent-Bonnevay.

« La perspicacité des policiers et un travail de

longue haleine a permis de mettre fin aux activités de ces hors-la-loi. Une sévère amende infligée à M. Bouzid… et M. Saïd… »

— C'est de moi qu'il parle ?

— Je crois que oui.

— Continue !

— C'est fini.

— Tu es sûre ?

— Oui, regarde. Je suis arrivée là, au bout de la ligne.

De son doigt tremblant, Zohra indique la fin de l'article. Tout au long de la lecture, mon père est resté face à elle, les yeux mi-clos pour mieux enregistrer les mots, l'oreille braquée du côté de la lectrice.

— Et ça, qu'est-ce que c'est ? poursuit-il en désignant un autre article.

— C'est autre chose, ça. Ils ne parlent plus de nous… ça finit là !

— Je ne te crois pas ! Lis encore !

— Mais ça ne sert à rien. C'est du sport !

— Di zbour ? Te moquerais-tu de moi ? Lis, j'ai dit !

— « Olympique Lyonnais 3 - Marseille 1. Une victoire logique », continue Zohra en pleurant.

— Tu pleures ? Tu me caches quelque chose.

Moustaf, à l'écoute depuis le début, intervient :

— Abboué. Elle a raison, c'est fini. Ils parlent du football maintenant.

— L'ballou ? Bon, ça va pour cette fois, accorde le père.

Zohra se retire dans la cuisine, exténuée par l'épreuve.

— On peut rien leur demander à ces femmes, elles pleurent pour un rien. Vous êtes tous ligués contre moi, ma parole ? insiste Bouzid.

Puis, se tournant vers Moustaf :

— Traduis-moi ce qu'ils racontent dans ce journal !

Il traduit tant bien que mal les mots importants de l'article.

— L'bidoufile ?... Qu'est-ce que c'est que ça, le bidoufile ?

— C'est là, c'est le Chaâba, Abboué !

— Pourquoi ils nous appellent l'bidoufile ?

— Je ne sais pas, moi...

Mon frère est visiblement abasourdi par les questions du père. Il plie le journal en deux et le dépose sur la table avant de sortir de la pièce. Bouzid le reprend en main, l'ouvre en le feuilletant, reconnaît l'article et le fixe des yeux en ricanant.

— Bidoufile... trafic... mouton. On parle de moi, Bouzid, dans le journal. Tous les Français vont me connaître, maintenant. Quelle honte ! La boulicia va me surveiller. Je connais leurs méthodes. Ils vont nous emmerder jusqu'à l'ixpilsion. « Allez, fous-moi l'camp da tou pii », ils vont

134

me dire un jour. Je connais les Français. Et tout ça par sa faute ! Mais Allah le punira seul.

Et, en tournant sa tête vers le mur qui nous sépare de la baraque des cousins :

— En plus de ça, sa vieille sâle, elle veut lever la main sur moi ! Maudits soient-ils !

On frappe à la porte.

— Entre, Bouchaoui, entre donc ! Viens boire le café avec moi. Tu as lu le journal ? On est foutus, tu ne crois pas ?

Bouchaoui, l'air grave, s'est installé à ses côtés, a pris un café.

— C'est dans ce journal qu'on parle de nous ?

— Oui, regarde ! Il parle du Chaâba, de moi. Mon nom ! Ils ont écrit mon nom sur le papier. C'est le plus grand scandale de ma vie.

— C'est une honte pour nous tous, Bouzid, pas seulement pour toi. Regarde, moi, en rentrant du travail, sur le chemin, la police m'a arrêté : contrôle de papiers. J'ai donné ma carte. Ils ont ri de moi, m'ont traité de bikou. Tous les jours, ça va être comme ça, maintenant. Je n'aime pas ça ! Mes enfants ne font rien à l'école. Ma femme se plaint de son sort. Et moi, je ne peux rien faire, je travaille, je travaille toujours... Tu vois, Bouzid, tout va bien !

Ma mère, qui n'a pas osé s'approcher de son mari depuis qu'il est rentré, vient enfin saluer Bouchaoui.

— Allez, venez manger tous les deux ! dit-elle.

— Non merci, moi je vais rentrer chez moi.

— Allez, allez, tu es là, tu restes, insiste Bouzid. Tu partageras notre dîner. Tu sais, il n'y a pas grand-chose.

Les deux hommes ont raconté leur désarroi longtemps après le dîner, jusqu'à ce que toutes les lumières du Chaâba se soient éteintes.

Les mois sont passés. Le Chaâba avait jusque-là survécu aux guerres du bassaine, aux batailles de clans, aux putes, mais le scandale de la boucherie clandestine a été fatal. Zidouma a été trop loin. Elle a brisé l'indestructible.

Entourée de ses amies de clan, elle est devenue celle qui a osé. Osé tout court. Elle se sent forte depuis, encouragée par celles qui n'attendaient que cette aubaine pour braver l'autorité du maître du Chaâba. Zidouma a gagné, et la moitié du bidonville lui appartient, l'écoute, l'appuie dans ses décisions.

Ma mère subit.

Saïd a cessé d'égorger ses moutons au Chaâba mais il continue tout de même à livrer ses côtelettes, gigots et biftecks sur sa Mobylette. Il ne voit pratiquement plus Bouzid, s'arrange pour arriver après lui à la maison. Mais il ne lui en veut plus.

Non. La haine s'est dissipée, elle a fait place à l'indifférence, une terrible indifférence qui ronge l'âme du Chaâba.

De bon matin, alors que mes yeux s'entrouvrent difficilement sous la brutale clarté du jour levant, un remue-ménage particulier m'intrigue subitement. La famille Bouchaoui est réunie, là, au grand complet, devant la pompe. Des valises et plusieurs cartons maladroitement ficelés ont été déposés au milieu de la cour. Les enfants sont habillés en dimanche, peut-être parce que c'est le jour du Seigneur, mais ce n'est pas le genre de la maison...

M. Bouchaoui s'active entre sa baraque, plantée à côté de la guérite des WC, et l'endroit où il a déposé ses bagages. Autour de lui, plusieurs hommes et femmes discutent. Je m'approche d'eux pour comprendre ce qui s'est passé cette nuit pour que Bouchaoui vide sa baraque de la sorte. Mais peut-être est-il seulement en train de faire une toilette complète à sa demeure ? Peut-être a-t-il décidé de poser de la moquette ?

— Voilà ! J'ai fini. Finalement, je ne prends pas grand-chose et je n'aurai pas à revenir une deuxième fois avec le taxi, dit Bouchaoui à Bouzid.

Les Bouchaoui s'en vont. Ils quittent le Chaâba

137

pour aller habiter à Lyon, dans les bâtiments. Deux hommes portent les valises et les cartons jusqu'au grand portail.

— Si tu as oublié quelque chose, ce n'est pas perdu... rassure mon père en contenant avec peine son amertume.

— Dieu seul sait si je reviendrai un jour. Je préfère te céder toutes les choses que je laisse ici.

Le généreux Bouchaoui nous lègue toute sa richesse mobilière : une vieille armoire aux angles mal équarris, rongée par les mites, une table plus lourde de crasse et de couches de peinture que de bois, deux chaises boiteuses dont l'osier a disparu, remplacé par du contre-plaqué.

— Tu en feras ce que tu voudras. Vends-les si tu peux, propose Bouchaoui comme s'il cédait une partie de lui-même.

— Tu sais, je n'ai pas besoin de tes affaires. Elles mourront où tu les as laissées...

— Non, non, Bouzid, je te dois quelque chose. Tu m'as accueilli ici avec ma famille pendant des années. Tu m'as trouvé un travail chez ton patron, et je ne t'ai jamais donné un dinar pour te remercier.

— Qu'est-ce que tu racontes, Bouchaoui ? Que veux-tu que je fasse avec ton argent ?

— Rien. C'est pour ça que je te donne mes meubles !

— Tu es têtu comme un troupeau de bourricots. Eh bien, laisse-les là, tes meubles, si tu y tiens !

— Le taxi arrive ! Le taxi arrive ! crient les gones qui attendaient impatiemment l'arrivée de la voiture depuis qu'on avait dit qu'elle viendrait chercher les Bouchaoui.

C'est la première fois que l'un des nôtres voyage dans de telles conditions.

Le chauffeur s'avance jusqu'à l'endroit où il a vu les bagages.

— C'est ici qu'on a demandé un taxi ?

— Oui, missiou ! confirme mon père.

— Les bagages sont là ? C'est tout ce que vous avez ?

— Oui, missiou ! Trois falises y dou cartoux. Si tau !

Le chauffeur fait grise mine et charge malgré tout la richesse des Bouchaoui dans son coffre.

Pendant ce temps, je regarde à l'intérieur du véhicule : luxueux ! Moquette par terre, sur les côtés, sièges de velours, parfum ambiant, odeur de neuf, de propreté ! Et dire que les Bouchaoui vont monter là-dedans !

Embrassades. Émotion. On se promet de s'envoyer des nouvelles.

Mme Bouchaoui s'engouffre à l'arrière du taxi avec ses trois enfants, s'empêtre les jambes dans son binouar qu'elle n'a pas voulu troquer contre une jupe indigène. M. Bouchaoui s'installe à côté du chauffeur, visiblement ému par la douceur du siège sur lequel il vient de se poser.

— Vous allez où ? interroge le chauffeur.

— A l'angar, commande Bouchaoui.

— Où ça ?

— A l'angar Birache.

— A la gare de Perrache vous voulez dire ? reprend le chauffeur, grimaçant.

— Si. A l'angar d'Birache, confirme Bouchaoui en nous faisant un signe de la main à travers la vitre.

Le taxi démarre. Il emmène la famille Bouchaoui loin du Chaâba.

— Allah vous accompagne ! fait mon père.

Il retourne vers la baraque laissée vide. Ma mère le suit. Elle l'interroge :

— Tu veux la donner à quelqu'un d'autre ?

— Non. On est déjà trop nombreux. Cette baraque restera vide, maintenant. D'ailleurs, je vais bientôt la détruire.

Le départ des Bouchaoui m'a intrigué et laissé une sensation désagréable dans la bouche. Je questionne mon père :

— Abboué, pourquoi ils sont partis, les Bouchaoui ?

— Eh bien parce que Allah l'a voulu ainsi. C'est tout.

— Ils n'étaient pas contents d'être ici ?

— Faut croire que non, puisqu'ils sont partis.

— Et il y a longtemps qu'ils t'avaient prévenu de leur départ ?

— Non. Je l'ai appris ce matin. Mais arrête de me harceler avec tes questions stupides. Va donc t'occuper ailleurs !

Pour tous ceux qui restent au Chaâba, la vie quotidienne devient pesante et fade. L'atmosphère s'est alourdie comme si le ciel tirait à lui sa couverture de nuages gris-noir.

Le Départ. Beaucoup se mettent à imaginer... Départ pour où ? Peu importe.

La baraque des Bouchaoui n'est pas encore détruite. Tenace, elle se colle encore aux autres, sans âme. Les papiers peints, cramoisis, posés à la hâte sur les planches pour donner l'illusion du beau, ne résistent pas aux semaines, laissent pénétrer les courants d'air que personne ne peut plus craindre, si ce n'est moi et quelques autres gones qui venons là de temps à autre, les jeudis.

Hier après-midi, un camion de poubelles est venu décharger ses richesses, comme à l'accoutumée, dans le remblai des rives du Rhône. Personne n'a annoncé son arrivée. Personne ne s'est agrippé à son flanc. Personne n'a couru dans son sillage pour retenir sa place dans le champ d'ordures. Nous n'étions, du reste, que six fouilleurs au total, perdus devant l'immensité du trésor. Plus besoin de réservation, plus de bagarres, fini les scènes de jalousie. Fouiller pour fouiller est devenu ridicule. J'ai tout d'un coup cessé de remuer les détritus, abandonnant dans les profondeurs de la décharge un butin sans doute fabuleux. Je suis retourné à la maison.

Ma mère cousait une taie d'oreiller et Zohra repassait notre linge, l'une dans la cuisine et l'autre dans la pièce principale. Elles conversaient.

— Y a longtemps qu'elle avait dit qu'elle partirait, affirmait Zohra.

— Elle doit être contente, l'Autre, disait ma mère, certainement à propos de Zidouma.

— De kik vous parlez? interrogeai-je, curieux.

— Ça te regarde pas. C'est des histoires de femmes!

— J'veux savoir. Dis-moi-le, autrement j'dis tout au papa!

— Qu'est-ce que tu veux dire au papa? Mais tu débloques, ma parole!

— J'vais tout lui dire! Tu sauras pas quoi.

— Tu es un idiot. Mais si tu veux savoir, on parlait des Bouchaoui.

— Eh ben, pourquoi tu me l'as pas dit plus tôt?

— Bon, maintenant, tu arrêtes. Laisse-nous parler en paix. Va jouer dehors!

Et Zohra s'est adressée de nouveau à ma mère:

— Emma, tu crois que la femme de Bouchaoui,

elle a tout dans sa maison, maintenant ? L'eau dans
le robinet ? L'électricité ? Les WC ?

— Mais comment veux-tu que je le sache ? Je ne
connais rien, moi.

— Et à El-Ouricia ?

— On avait moins qu'ici, là-bas. Qu'est-ce que
tu crois ? Que ton père est venu là pour son plaisir ?

J'écoutais d'une oreille attentive ma mère raconter sa vie et Zohra, qui ne cessait de l'interrompre,
avide de détails.

— Emma, tu crois qu'on va partir d'ici, nous
aussi ?

— Tu poses trop de questions, ma fille, et ton
linge n'est pas repassé. Dieu seul sait où nous
serons demain.

Zohra a compris que sa mère ne voulait plus
parler, qu'elle voulait être seule.

— Allez, dépêche-toi de ranger ton linge. IL est
arrivé.

C'est ainsi qu'elle nomme mon père lorsqu'elle
parle à ses filles : IL.

Depuis quelques semaines, IL s'enferme dans
sa maison dès qu'il arrive au Chaâba. Salam oua
rlikoum par-ci, salam oua rlikoum par-là, et chacun pour soi dans sa cabane.

Ma mère est de plus en plus craintive, à sa vue.
Lorsqu'il se fige sur sa chaise, qu'il commande son
jus noir, qu'il malaxe sa chique entre ses doigts,
méticuleux comme un vieillard, elle se retient de

143

lui crier de sortir, d'aller respirer la nature, discuter avec les hommes.

Si elle avait fait une telle suggestion, Bouzid ne l'aurait pas battue. Non. Il lui aurait certainement fait remarquer que le Chaâba n'est plus ce qu'il était, que les hommes ne se regroupent plus comme autrefois autour du café et du poste de radio, dans la cour, que désormais il fuit le regard des autres, qu'il n'a plus rien à partager avec eux. Que le Chaâba a changé. Non. IL n'aurait pas battu ma mère. Peut-être qu'il n'aurait pas répondu, tout simplement.

Mais je rêve. Messaouda est incapable de parler comme cela à son mari. Et IL n'exprime jamais ses émotions.

Le Chaâba a laissé filer son âme entre les fissures de ses planches. La baraque des cousins, les derniers partis, est toujours accoudée à notre maison. Elle est la seule. Elle est vide.

Lorsque Saïd, Zidouma, Rabah, Hacène... sont partis, pendant deux jours je n'ai pas mangé. Je n'ai pas pleuré. J'ai fait comme ma mère, Moustaf, Zohra. En regardant les cousins s'en aller, ils avaient sans doute aussi mal au ventre que moi, mais aucun n'a laissé filtrer la moindre émotion. De toute façon, depuis l'affaire de la viande,

Rabah nous fuyait, dépensait ses jeudis avec des gones des chalets. Quelque chose de profond avait déjà disparu du décor. Alors je n'ai pas pleuré.

Seuls. Nous sommes seuls désormais, abandonnés dans les décombres du Chaâba.

La Louise pénètre chez nous, oubliant même de frapper à la porte. Souriante, elle interpelle ma mère :

— Alors la miss ? Comment qu'ça va ? Labaisse ou labaisse pas ?

— Labaisse, labaisse, répond ma mère en continuant de rouler son couscous, assise en tailleur dans la cuisine.

En arabe, Zohra dit à haute voix :

— Elle est venue manger le couscous encore.

La Louise n'a jamais apprécié que l'on parle en arabe devant elle. Si nous étions quelques années en arrière, elle aurait giflé Zohra, l'aurait privée de son goûter-maison pendant une semaine. Mais aujourd'hui, elle ne dit rien. Elle est fragile. Elle met la main à la poche, en retire son étui à cigarettes. Elle tape quatre fois le bout de sa Gauloise sans filtre sur le revers de sa main, pour tasser le tabac, demande du feu à Zohra en la fixant droit dans les yeux. La Gaouria est désormais la seule voisine de ma mère, pendant la journée, lorsque nous sommes à l'école, et elle est devenue presque indésirable. Envahissante.

Ma mère n'a jamais parlé le français. Si, un peu.

Avec le laitier qui venait apporter deux fois par semaine au Chaâba le lait et le beurre. Elle sortait à son coup de klaxon, avec les autres femmes, et elle récitait en français les mots que ses enfants lui avaient appris. Elle faisait rire tout le monde, même le laitier à qui je devais traduire la commande.

— Donne-moi li zou, disait-elle.

— Emma, les zeux ! la corrigeais-je sans cesse.

— Li zou. Ah ! et puis laisse-moi dire comme je veux. Il me comprend, lui, t'en fais pas, se défendait-elle.

Le laitier souriait toujours. C'est vrai qu'il avait fini par apprendre l'arabe du Chaâba.

Aujourd'hui, le laitier ne vient plus livrer au Chaâba. Il n'a plus de clients. Ma mère a oublié son français et, d'ailleurs, elle n'aime pas parler français, ni avec la Louise ni avec personne. Avec sa voisine, elle se sent contrainte. Peut-elle rester muette devant elle ? La Louise est seule, inspire la pitié derrière le rideau de fumée qui sort de sa bouche. Elle vient chez nous pour se sentir moins seule, pour retrouver les gens du Chaâba, pour les entendre, leur parler, les commander, leur « filer des taloches », les sélectionner pour le goûter de 4 heures.

Le moral de ma mère est déjà trop bas pour qu'elle puisse s'offrir le luxe de donner un peu d'elle à sa voisine. Elle a aussi peur de faire pitié, que la Gaouria pense : « La miss est seule, elle doit avoir besoin de moi. » Elle ne veut pas de pitié. En a-t-elle besoin ? C'est vrai, elle mentirait si elle disait qu'elle est plus heureuse qu'avant, mais ça va, elle n'est pas malheureuse. Labaisse, tou labaisse !

— Vous avez des nouvelles de Bouchaoui ? questionne l'ancienne commandante en chef du Chaâba.

— Ria di to !

— Rien du tout ?

— Ria di to ! No !

— Et les autres ?

— Personne n'est revenu nous voir, s'immisce Zohra, réalisant que sa mère ne tient plus à répondre aux questions de la Louise.

En arabe, ma mère s'adresse à sa fille, lui demandant de répéter ses propos à la Française.

— Dis-lui : Dans quel autre Chaâba les hommes vont-ils pouvoir prier dans les champs ou dans le jardin sans paraître ridicules ? Dans quel autre endroit vont-ils fêter l'Aïd ? Et pour les circoncisions, comment vont-ils faire ? Et pour égorger leurs moutons ?... Ils reviendront. Et les femmes ? Où vont-elles étendre leur linge ?

Zohra traduit mot pour mot l'argumentation de sa mère.

Le Chaâba est à nous et ma mère a besoin de

se le répéter pour ne point souffrir. Elle souffre quand même.

— Oui, ici vous êtes chez vous. Jamais vous ne retrouverez d'endroit comme celui-là, répète la Louise en écrasant son mégot de Gauloise sous sa chaussure.

Elle poursuit.

— Bon, faut qu'j'aille. Faut faire la soupe au Gu et au Pollo.

A peine la Louise est-elle sortie de chez nous que mon père est rentré. Visage de marbre, mal rasé, les yeux brillants, il ne laisse paraître aucun signe de faiblesse depuis que le Chaâba est mort. Il n'y a plus de Chaâba, il y a une maison désormais. Sa maison. Bouzid a mal saisi le déroulement de l'histoire. Il ne se pose pas la question de savoir pourquoi les gens ont fui son paradis. Lui, il continue sa vie comme il continue de chiquer.

Et moi, chaque soir, je m'endors en implorant Allah le Grand de faire descendre un ange pour avertir mon père que nous sommes tous malheureux, que ceux qui sont partis nous font envie, nous font pleurer.

Le temps a continué son chemin, insouciant, régulier, et aucun envoyé du ciel n'est encore venu frapper à notre porte. L'automne n'arrange rien à la tristesse qui noie le Chaâba déserté depuis déjà de nombreux mois.

Baudelaire ! Voilà ! C'est à Baudelaire que cet

automne malheureux me fait penser. M. Grand nous avait fait apprendre par cœur un de ses poèmes dans lequel il peint la nostalgie de cette saison. A l'époque, j'avais cru que le poète devait subir bien des tracas chez lui pour écrire des mots aussi tristes. Mais maintenant, j'ai changé d'avis. A cause du pommier et du prunier tout nus dans le jardin, hideux, aux branches en fil de fer barbelé qui émergent comme des serpents de l'amoncellement de planches pourries, de tôles irrécupérables, de bidons rouillés qui jonchent le sol à leur pied. Même les meubles des Bouchaoui ont fini leur vie dans cette partie du jardin.

Un remblai de matériaux de construction pour bidonville ! Voilà ce qu'il reste du Chaâba.

Mais comment lui dire ? Comment lui écarter les yeux ? Il faudrait qu'il lise Baudelaire... Mais qui va lui apprendre à lire ? Il n'y a rien à faire. De toute façon, la poésie ne lui ouvrira pas le cœur. A-t-il un cœur comme le nôtre, au moins ? Zidouma avait peut-être raison... Mais il y a les paquets de bonbons qu'il m'apportait ces derniers temps... Non, on ne peut pas dire qu'il n'a pas de cœur. Il en a un de cœur, mais malheureusement il est mobile. Parfois il prend des vacances. Il est frivole. Et mon père se retrouve tout nu, sans pitié, sans affection. Bouzid, il est comme ça : un homme au cœur voyageur. En ce moment, il est en pierre. Inaccessible. Il ne veut pas entendre parler de déménage-

ment, ne dit jamais rien, ne partage aucun sentiment. Son cœur a pris ses congés annuels. Il aurait
pu partir une autre saison, au moins !

Ah ! Emma, si tu n'étais pas là, à qui pourrais-je
me plaindre ? A qui devrais-je chanter la complainte de la maison hantée ? Le père n'est pas
amateur de musique moderne, et toi, Emma, tu es
devenue mon ultime espoir de quitter ce cauchemar.

La pauvre Emma ! Un jour, je l'ai harcelée avec
mon refrain et elle a fini par pleurer des minutes
interminables, se maudissant, gémissant sur son
existence misérable.

— Ah, mon Dieu, que t'ai-je donc fait pour
mériter une telle souffrance ? Il me fait pleurer
chaque soir, et mes enfants s'en prennent à moi, ils
me torturent... Ah, mon Dieu, laisse-moi mourir !
a-t-elle murmuré.

Je me suis senti l'âme d'un assassin, celle du
bourreau qui m'a volé mon bout de chair ; alors j'ai
abandonné définitivement l'idée de déménager et
je suis allé vers elle me serrer contre sa poitrine.

— Excuse-moi, Emma. Je ne veux plus déménager. Je te jure que je ne pleurerai plus jamais de la
vie. Arrête de pleurer, Emma. Arrête, je t'en prie.

Son flot de chagrin a coulé encore plus fort.

— J'en ai marre d'être dans ces baraques !
J'veux déménager ! J'en ai marre d'être dans ces
baraques ! J'veux déménager !

Chaque soir, lorsqu'il rentre à la maison, je lui
chante ce refrain envoûtant ; pendant qu'il mange,
pendant qu'il boit son café, quand il écoute la
radio. Il m'ignore. Ne daigne même pas lever les
yeux vers moi. Alors j'accélère le rythme de ma
chanson. Je gémis. Il reste impassible. Par mesure
de sécurité, je me tiens toujours à quelques mètres
de lui pour qu'il ne puisse pas mettre sa grosse
main sur moi. Au cas où...

Le vent peut bien souffler aussi fort qu'il le
désire, déchaîner la plus terrible de ses bourras-
ques que rien n'y ferait. Bouzid et la maison sont
prisonniers l'un de l'autre.

Il s'est installé à sa place habituelle, réitérant
inlassablement les mêmes gestes avec son verre de
café et sa boîte de chemma. Ce soir, il s'est même
assoupi sur la table sans ôter son veston.

Je me suis installé devant la porte, adossé au mur
pour entamer la complainte du p'tit qui voulait
déménager comme les autres. J'étais confiant,
blasé, l'esprit attiré par deux chats qui se tiraient
les cheveux dans le jardin. De ma bouche sortait
mon refrain :

— J'veux déménager ! J'veux déménager !

De temps à autre, je portais mon regard vers
mon père, langoureusement bercé par ma mélodie.

Il s'est levé avec peine pour prendre le cendrier posé sur l'armoire. Brusquement, il s'est retourné, a fait trois pas décisifs dans ma direction. En un éclair, il m'a saisi le bras puis les deux oreilles.

— Ti vous dinagi ? J'vas ti douni di dinagima !

Il m'a parlé en français et, pendant une dizaine de minutes, il m'a fait déménager avec ses mains cimentées, et ses brodequins taille 43. Au début du déménagement, je me suis recroquevillé sur moi-même pour amortir ma peine, en suppliant :

— Non. Non, arrête ! Abboué. Arrête ! J'veux plus déménager.

— Si. Ti vous dinagi !

— Non. J'veux plus !

— Ti vas dinagi qua mime, chti di !

La douleur a fini par devenir insupportable et mon corps meurtri ne pouvait plus espérer de pires blessures. Alors, dans ma tête, la haine a tout bousculé.

— J'veux déménager ! Ouais, j'en ai marre d'être ici ! J'veux partir de cette maison pourrie. Lâche-moi ! Lâche-moi ! ai-je hurlé.

Bouzid ne devait plus m'entendre depuis déjà un certain temps, et il continuait son châtiment. J'ai fini par me taire. Il s'est apaisé puis a regagné sa chaise pour terminer son café qui devait être froid. A ce moment seulement, ma mère m'a pris dans ses bras et porté jusqu'à mon lit. J'ai poursuivi ma revendication en passant devant mon tortionnaire :

— J'veux déménager !

Ma mère, craignant un second déménagement, m'a rassuré :

— Pleure pas, mon fils. On déménagera.

— Quand ?

— Demain matin.

— Tu mens ! C'est pas vrai. J'veux déménager maintenant.

Quelques minutes plus tard, elle m'a apporté des crêpes de semoule recouvertes de sucre doré. Mais j'étais déjà au pays des songes, en plein déménagement...

La nuit s'enroule autour de notre maison. Un soir tranquille, ennuyeux, s'est encore écoulé. Assis sur une marche de l'escalier de la cuisine, j'attends le début du hit-parade, à la radio, avec Zohra. J'attends *Et j'entends siffler le train* de Richard Anthony, celui qui dit : « Que c'est triste un train qui siffle dans la nuit. » Le train, la nuit, le départ. Je frissonne. Un petit vent frais glisse sur mes joues, les caresse et ne parvient pas à remuer la moindre bouclette de mes cheveux. Je rajuste mon anorak.

Ma mère, rivée à la cuisinière, prépare des pâtes au lait. Les yeux braqués sur elle, Bouzid la regarde sans la voir. Il écoute sans doute, sur son poste de radio, le commentateur de Radio-Le Caire ou Radio-Alger, mais ne le comprend pas.

On allume les « quinquis » (lampes à pétrole) dans les pièces.

— Eh, venez voir qui arrive ! crie Moustaf en déboulant dans la cour.

Nous sortons en deux enjambées.

— Qui c'est ? questionne Zohra, ne parvenant pas à discerner les personnes qui sont assises dans le taxi.

— C'est les Bouchaoui ! lui dis-je.

Je les ai reconnus immédiatement.

— J'vais appeler le papa !

Le père Bouchaoui descend de la voiture, paie le chauffeur et aide sa femme à extraire son derrière dodu de l'ouverture de la porte.

De la visite, enfin ! Cela faisait si longtemps !

Mon père et ma mère sont sortis sur le perron.

— Bouchaoui, s'écrie-t-il, les bras grands ouverts. Ça fait si longtemps. Pourquoi n'es-tu jamais revenu nous voir ? Tu nous as oubliés, hein ? Comment ça va ? Et ta famille ? Ça va ? Comment ça va ?

Bouzid arbore un sourire radieux. Il est heureux, le visage illuminé. Il embrasse l'ancien Chaâbi, le serre, lui tape sur l'épaule.

— Tes enfants ? Qu'est-ce qu'ils ont grandi ! Allah soit loué !

Il embrasse sa femme qui, déjà, raconte mille et une histoires à ma mère.

— Mais nous parlons, nous parlons ! Rentrons à la maison. Ah ! quel plaisir de te revoir. Comment ça va ?

— Ça va !

— Comment ça va ? Tes enfants ? Ta femme ?

— Ça va, Allah soit loué !

Aujourd'hui, c'est samedi. Pendant toute la nuit, nous allons être heureux. Je sautille, je frétille, je jubile comme un cabri, en tournoyant autour de Zohra.

— Mais arrête. Tu es fou ! me lance-t-elle.

Café, pâtisseries... Couscous ! Oui, un énorme couscous pour célébrer l'événement. Les Bouchaoui sont revenus nous voir. Heureusement, mon père a acheté hier un morceau de mouton.

Dans la cuisine, Emma enfile son tablier, ouvre les tiroirs, les placards, en retire ouvre-boîtes, couteaux, couscoussier, légumes. Elle est heureuse, Emma, heureuse comme elle ne l'a pas été depuis des mois.

— Pourvu que la Louise ne vienne pas ce soir, glisse-t-elle à Zohra. Va ! Va devant la porte. Si tu la vois venir, ferme le portail. Allez, dépêche-toi. Ah, mon Dieu, mais qu'est-ce qu'elle est lente, cette pauvre fille !

Zohra sourit puis va se poster devant la porte. Elle est sûre qu'au bout de quelques minutes sa mère va la rappeler pour qu'elle l'aide à éplucher les légumes. Elle lui pardonne.

Mme Bouchaoui, gênée de se retrouver au milieu des hommes, rejoint ma mère dans la cuisine.

— Je vais t'aider, Messaouda !

— Non, ce n'est pas la peine. Reste où tu es, je t'en prie !

Mme Bouchaoui, coquine, lui répond en riant :

— Tu veux que je reste avec les hommes à discuter ?

Pendant ce temps, mon père sert le café à Bouchaoui, l'arrosant de « comment ça va ? ». Les deux hommes ne sont plus là déjà, ils voguent dans les contes, ils retournent à El-Ouricia, ils remontent le temps.

Emma a dû les réveiller lorsqu'elle a crié :

— Allez, on mange !

Zohra sert deux grosses assiettées pour les hommes, attablés dans la salle de séjour. Une pour les enfants, une pour les deux hommes. Les femmes mangent à la cuisine.

A notre table, Bouzid et le père Bouchaoui ont déjà abordé mille sujets. Maintenant que l'euphorie des retrouvailles est passée, ils parlent de choses plus graves. C'est Bouchaoui qui a commencé, comme si la soirée avait été minutieusement programmée.

— Je sais que tu cherches à partir d'ici, Bouzid...

Mon père se rebiffe immédiatement.

— Comment ? Partir...

Bouchaoui l'interrompt sans ménagement.

— Ne dis pas non. Je sais très bien comment
vous vivez ici, depuis que tout le monde est parti.
C'est la misère !

— Alors, toi aussi tu es comme eux. Tu ne
penses pas qu'ici je suis chez moi, je ne dérange
personne, je ne dois rien à personne. Je suis bien
ici. Tu crois que je vais retrouver ça ailleurs ?

Cette fois, mon père a pu placer son argumentation.

— C'est vrai, Bouzid, je mentirais si je disais le
contraire, mais rends-toi compte que tu n'as rien
ici, pas d'litriziti...

— Je la ferai mettre !

— Avec quel argent ?

— J'en trouverai !

— Tu n'as même pas d'eau dans le robinet.
Viens voir chez moi et tu comprendras ce que c'est
de tourner un bouton, d'avoir l'eau chaude. Le
confort !

Les oreilles dressées telles des antennes téles-
copiques, les femmes écoutent, muettes.

— Écoute-moi, Bouzid. J'ai trouvé un appartement pour vous, à Lyon. Tout confort, près de chez
moi. Tu seras mille fois mieux qu'ici. Non. Je vois

157

dans tes yeux que tu crois que je suis venu là pour ça. Non. Crois-moi, je ne veux pas te forcer. Tu es libre. Tu viens voir. Tu ne viens pas. Fais comme tu veux. Moi, tu sais, je n'ai rien à gagner.

Dès qu'il a fini sa plaidoirie, Bouchaoui, dans un lappement bestial, aspire un grand coup dans son verre de petit-lait. Le breuvage visqueux peint ses lèvres charnues. Mon père déchire un morceau de viande entre ses dents, s'acharne sur la moelle, dont il raffole, frappe l'os sur le côté de la table pour qu'il libère la substance onctueuse.

Moustaf se tourne vers moi en essayant de se cacher derrière sa cuillère de couscous :

— Il est malin, Bouchaoui. C'est comme ça qu'il faut parler au papa. Il va l'avoir.

Je me frotte les mains en souriant malicieusement. Mon père surprend ma joie et s'énerve :

— Allez vous coucher, vous deux ! Qu'est-ce que vous écoutez ? Allez ! Fout'-moi l'camp d'ici !

Moustaf me prend par la manche et me tire vers la chambre. Ce n'est pas le moment de nous faire remarquer.

Vers 1 heure du matin, les Bouchaoui sont partis malgré les supplications de mon père :

— Tu es fou, Bouchaoui ! A cette heure-là, tu ne peux pas rentrer chez toi. Tu vas dormir ici.

— Non, vraiment, Bouzid, on va rentrer, a insisté l'invité.

Bouchaoui tenait à rentrer à Lyon et mon père

n'a guère insisté, craignant que l'invité n'ait aucune envie de passer la nuit dans sa demeure sans confort.

— Et comment vas-tu rentrer avec ta famille ?

— En taxi.

— Et où tu vas le prendre, ton taxi ? Tu vas téléphoner, peut-être ?

— Non, non, nous allons marcher jusqu'à Villeurbanne, et là, nous trouverons bien un taxi. T'en fais pas pour nous, Bouzid. C'est mieux ainsi.

— Tu veux aller à pied jusqu'à Villeurbanne à 1 heure du matin ?

— Oui, oui, t'en fais pas. Allez, les enfants, habillez-vous.

Mon père a eu une bouffée d'amertume. Il a laissé partir Bouchaoui et sa famille non sans les avoir accompagnés jusqu'à l'avenue Monin, à la fin du remblai.

A son retour, j'étais toujours éveillé et je l'ai entendu rejoindre ma mère dans le lit. Il lui a parlé :

— Tu ne dis rien ?

De toute la soirée, elle n'a pas pipé mot, de crainte de l'influencer. Sa question la surprend.

— Qu'est-ce que tu veux que je dise ? murmure-t-elle. C'est toi qui décides.

Après quelques froissements de draps et les grincements des articulations du lit conjugal, tout est redevenu calme dans la maison. Je me suis endormi longtemps après les derniers murmures de mon père, épuisé par le rythme infernal de ses ronflements.

— Alors, t'as entendu quelque chose ou pas ?... A quelle heure tu t'es endormi ?... Qu'est-ce qu'ils ont dit ?

— Quoi ?... Laisse-moi dormir...

— Oh ! Tu te réveilles ou quoi ?? Je te parle !

Moustaf est anxieux. Il veut connaître le résultat des transactions de la veille.

— Qu'est-ce qu'ils ont dit, hier soir ?

— Je n'en sais rien, laisse-moi dormir !

— Non ! Pas avant que tu m'aies répondu.

— Mercredi. Mercredi. le papa va voir un appartement en ville avec le Bouchaoui...

Je remonte la couverture jusqu'à mes épaules nues. Mais Moustaf est pris d'une soudaine folie, se met à sauter à pieds joints sur le lit, à me matraquer avec son oreiller, à me secouer, tout en poursuivant son interrogatoire.

— T'es sûr ? Répète-moi ce qu'ils ont dit ! Où ils vont se retrouver, mercredi ?

Cette fois, je vais faire appel à l'autorité paternelle.

— Abboué ! Abboué ! Moustafa ne veut pas me laisser dormir.

Il se calme.

— T'es pas con de réveiller l'papa pour ça ? S'il se lève, on va ramasser tous les deux...

Il se lève et disparaît dans la chambre. Je n'ai plus sommeil maintenant. Les yeux bouffis, les dents encrassées par les morceaux de viande de la veille, les oreilles bourdonnantes, je m'extrais de sous ma couverture et me dirige vers la cuisine où Zohra prépare déjà le café. Ça sent bon, le dimanche matin. Mon père me rejoint. Je l'ai réveillé à cause de Moustaf. Son visage est impassible. Sans me regarder, il va se raser dans l'eau fraîche du bassin. Dans le calme du matin, on entend les coups de boutoir de la pompe.

Bientôt la fin juin. Les grandes vacances. Heureux d'aller découvrir une nouvelle vie comme celle de Rabah, Hacène et les Bouchaoui, triste comme un vieillard qui sanglote déjà sur des vestiges, je regarde ce qui reste du Chaâba moribond. Fini les remblais, fini les camions de poubelles, fini les cabanes dans la forêt, fini les putes, fini la Louise, fini l'école.

Il était temps. M. Grand commençait à s'inquiéter de mes résultats. Lors des compositions de fin d'année, j'ai souffert. Depuis bien longtemps, le cœur n'y était plus.

— Admis au cours moyen deuxième année.

Zohra a traduit à mon père :

— Il va aller à l'école des grands, maintenant.

Bouzid a été heureux. Sans débordement.

Le dernier jour de classe. Je quitte Léo-Lagrange sans bien réaliser que je ne franchirai plus jamais son portail, que je ne reverrai plus jamais M. Grand.

A 5 heures, Zohra et Moustaf m'attendent devant la porte principale. Nous nous mettons en route une dernière fois pour rejoindre ce qu'il reste du Chaâba. Zohra chante la liberté.

— Donne-moi ta main et prends la mienne.

L'école est finie, ça signifie...

Des mots qu'elle a entendus au hit-parade.

— Ciao, Léo-Lagrange ! A jamais... s'écrie Moustaf, excité.

Ils commencent à marcher, allègres. Je les suis à quelques mètres, traînant les babouches sur le pont Croix-Luizet dont je n'ai plus peur à présent, flânant sous les platanes du boulevard, sur l'avenue Monin. Le cœur serré, je promène mon regard sur tous ces endroits que j'ai aimés. Parvenu à la hauteur des chalets, je m'arrête un instant pour contempler les gestes d'un policier qui règle la circulation. A quelques mètres, j'aperçois Moussaoui, le rebelle. Ah ! il l'a cherchée, son expulsion. Peut-être deviendra-t-il bon mécanicien, qui sait ? Je le regarde s'engouffrer

162

dans les chalets, la démarche leste, l'air décontracté.

Zohra me rappelle.

— Alors, tu viens ? Mais qu'est-ce que tu regardes ?

— Rien. J'arrive.

Je la rejoins en courant, surpris de constater qu'elle ne pense plus qu'aux vacances.

Au bout du chemin, notre maison. Ma nostalgie s'estompe.

— Allez. Rigole un peu, me lance Moustaf, en me faisant sa tape rituelle dans le dos. Pense qu'on va déménager.

Je parviens quand même à esquisser un sourire.

Nous avons déménagé le premier week-end du mois d'août 1966. A l'arrière de la Bijou 403 d'un Arabe d'El-Ouricia qui travaille avec mon père, nous avons chargé un vieux lit en fer, une armoire à glace et tous nos vêtements. Mon père voulait emporter la cuisinière. Il ne croyait pas au « souffage satral » du nouvel appartement en ville. Mais il a quand même cédé à la pression du chauffeur de la 403, plus préoccupé par l'usure de son véhicule que par nos problèmes personnels. Finalement, la cuisinière est restée seule.

Elle était destinée à mourir au milieu des murs froids de la maison de Bouzid. Au Chaâba.

Je ne voulais pas partir trop rapidement. J'avais besoin de regarder encore une fois la cour cahoteuse, le bassin cimenté qui avait fini par s'ébrécher au fil du temps, la pompe qui nous a versé de l'eau du Rhône depuis des années, le jardin abandonné, les WC à moitié écroulés. Tout.

Moustaf m'a réveillé sans douceur :

— Alors ? Qu'est-ce que tu fais ? Tu veux rester là où quoi ? Tu pleurais pour déménager, et maintenant qu'on part, tu traînes ! Allez, ferme la porte, on s'en va...

J'ai pensé qu'il avait raison et j'ai couru à la voiture. Je me suis assis à côté de Zohra, juste au-dessus du sommier. Ma mère était coincée sur le plancher de la Bijou, entre Moustaf et moi. La voiture s'est engagée sur le chemin crevassé qui mène au boulevard, vers la grande ville. Nous avons longtemps regardé la maison qui disparaissait progressivement du côté de la forêt. Installé à la place du mort, Bouzid ne parlait plus depuis longtemps. Emma pleurait en souriant, le revers de son binouar entre les doigts.

— Eh, c'est beau ! s'esclaffe Zohra alors que nous pénétrons dans l'appartement.

— Bon, ben, ça va, hein! Commence pas à ouvrir ta grande bouche, toi. Tu vas nous attirer le mauvais œil, réplique Emma.

Ma sœur porte la main à sa bouche pour ravaler les mots qu'elle vient de laisser échapper. Chez nous, on ne plaisante jamais avec el-rhaïn. Lorsque Allah nous gâte d'un bonheur quelconque, il ne faut jamais s'en vanter auprès de qui que ce soit, sinon le diable s'en mêle. C'est ce qu'Emma a toujours affirmé.

Du couloir de l'entrée, nous contemplons le rêve pour lequel nous avons tant voulu fuir le Chaâba : une cuisine, un salon et deux minuscules alcôves sans fenêtres. Emma devine tout à coup que je l'observe, alors elle se défile, fait quelques pas vers les meubles de la cuisine, passe la main sur les tapisseries. A quoi pense-t-elle? A la ferme où elle était servante à El-Ouricia? A ce qu'elle va devenir dans sa nouvelle maison? Son visage demeure impénétrable. Les minutes passent et le silence dure. Zohra perd à nouveau une merveilleuse occasion de se taire en se tournant de mon côté pour murmurer :

— Moi, je dormirai sur le canapé. Le salon, ça sera ma chambre.

— Toi, toi, toi... reprend Emma. Toi tu vas retourner au gourbi si tu continues!

— J'ai rien dit! proteste ma sœur.

165

— Défais donc le carton au lieu de nous montrer tes grandes dents.

Penaude, elle s'empare du premier sac qu'elle trouve à ses pieds et le porte au fond de la cuisine, tandis qu'Emma retourne dans l'escalier pour aider Staf dont on entend les soupirs d'exaspération jusque-là. Elle me dit :

— Allez, viens nous aider, toi aussi.

— J'arrive, Emma.

Elle sort. Zohra en profite pour me rappeler :

— Eh ! Zouz. Regarde, là c'est les chiottes et puis la vabo !

Du point de vue hygiène, l'antre est nettement plus sain que celui que mon père avait creusé au Chaâba et, en plus, il y a une lumière automatique à l'intérieur. Pourtant, quelque chose m'intrigue. Je demande à ma sœur :

— Une fois qu'on a caqué, où elle va la caque ?

— Elle va dans les tuyaux. Tu vois, ceux qu'il y a contre les murs de l'immeuble... Et puis elle descend jusqu'aux égouts, me répond-elle.

— Alors, y a pas de bassine à vider, ici ?

— Eh ben, non. C'est tout moderne.

— C'est mieux qu'au Chaâba, dis-je.

— Oh, ben, c'est sûr ! reprend Zohra.

— Et où elle est, la salle de bains ?

Nous regardons autour de nous dans l'espoir de découvrir une petite pièce où se cache la baignoire.

— Y en a pas ! conclut ma sœur. Heureusement qu'on a apporté la bassine verte du Chaâba !

A cet instant, Emma nous rejoint. Aussitôt je lui dis :

— Emma ! ? Pourquoi chez Zidouma ils ont une salle de bains et nous on n'en a pas ?

Cette fois, elle pique une colère bleue, court vers Zohra, l'agrippe par la queue de cheval et la traîne hors des WC en hurlant :

— Par Allah ! Qu'ai-je donc fait pour avoir une sorcière aussi bavarde ?

— C'est pas moi ! C'est pas moi ! gémit ma sœur.

Puis, dans l'espoir de sauver son scalp, elle me montre d'un doigt accusateur :

— C'est lui !

Je m'insurge avec vigueur :

— Oh, mais qu'est-ce qu'elle a, celle-là ? T'es devenue maboule ou quoi ?

Trop tard. Emma a tourné son périscope sur moi. Elle virevolte sur elle-même comme un lion, cherche un objet pour me l'envoyer sur le nez, grommelle en invoquant Allah :

— Donne-moi quelque chose, un marteau, une pierre pour que j'assomme ce diable... Oh, Allah !

Finalement, comme d'habitude, elle s'empare de sa chaussure et la jette dans ma direction. Comme d'habitude, j'ai eu le temps de m'éclipser depuis une éternité.

— Artaille ! me maudit-elle en regardant sa chaussure s'écraser contre le mur.

J'ai failli renverser Staf dans l'escalier. Le pauvre bougre s'active comme un Turc depuis ce matin. Bouzid ne l'a pas lâché d'une semelle. Ses bras sont chargés de sacs et de cartons.

— Tiens. Prends ça ! me fait-il autoritairement.

Puis il m'interroge :

— Alors ? Comment c'est ?

— Moi je trouve que c'est pas bien. D'abord, c'est tout noir. Quand on ouvre la fenêtre, on voit la façade de l'immeuble d'en face. Le soleil n'entre jamais chez nous. Et puis c'est tout petit. Et puis, y a pas de salle de bains.

— Bon, tais-toi ! m'ordonne-t-il. Tu m'énerves. Quand on était au Chaâba, tu pleurais pour déménager, et maintenant qu'on a déménagé, tu pleures encore.

— Je pleure pas ! Et d'abord, c'est toi qui m'as demandé de dire...

Il m'interrompt :

— Porte donc ça et ferme-la !

— Ouais. Eh ben, porte-les tout seul, tes cartons, si c'est comme ça !

Sur ces entrefaites, je pose son chargement sur une marche d'escalier et m'enfuis.

— Reviens, grand deb ! hurle-t-il.

— Tu me fais chier, lui dis-je.

Il lâche son fardeau et me poursuit, enragé. Je débaroule les marches trois par trois en prenant appui sur la rampe. Soudain, dans un virage, je percute de plein fouet mon père, dégoulinant de sueur sous le poids d'un énorme matelas. Le chargement s'écroule. Mon père aussi. Paniqué, je poursuis ma course folle, espérant qu'il ne m'a pas reconnu dans la précipitation.

— Ah ! Allah ! Zalouprix d'hallouf ! Viens là ! Viens là, je te dis. Vite.

Je remonte les marches à petits pas. Bouzid est devenu rouge vif. Il va me scalper, cette fois. Staf débouche sur nous en courant. Avant même qu'il ait réalisé l'ampleur des dégâts, je profite de sa présence pour me tirer d'affaire :

— C'est tout à cause de lui, Abboué. Je lui ai dit : « Attends, je vais t'aider à porter tes cartons » et il m'a répondu : « Dégage de là. » Et puis il m'a dit aussi qu'il en avait marre, de travailler. Et il a voulu me taper pour que je reste avec lui. Il est fou.

Staf est stupéfait, la bouche à demi ouverte. Bouzid déchaîne ses foudres sur lui :

— Zaloupard di Gran Bazar ! Zalouprix di Mou-nouprix ! Je vais t'arracher les yeux ! Ah, t'en as marre de travailler ? !

Staf tente de se défendre :

— Abboué, non. Abboué. C'est pas vrai. Il

169

ment. Ouallah qu'il ment. Sur la tête de mon père, qu'il ment...

Imperturbable, Bouzid s'avance vers lui. Mon frère se met en boule comme un hérisson, protège sa tête avec ses avant-bras. Il est prêt à encaisser. Ça lui apprendra à jouer le chef avec moi. L'abandonnant sur le ring, je disparais dans la rue.

En partant de la rue Terme, je suis parvenu jusqu'en haut de la Croix-Rousse en empruntant les traboules. J'ai traversé les rues en passant sous les immeubles, en montant des escaliers, dans des allées obscures et pisseuses. Dans ce quartier habitent de nombreuses familles arabes.

Il est environ 6 heures. Il faut rentrer. Je redescends vers la place Sathonay par la montée de la Grande Côte. Magasins d'alimentation générale, boucheries, coiffeurs, bars, hôtels... on est en Algérie. Des femmes, habillées comme ma mère, traversent la rue, allégrement, pour entrer dans l'allée d'en face. Et devant la vitrine des boutiques, des vieux bouts-filtres (turbans jaune moutarde sur la tête) se dorent la pilule.

Dans la montée d'escalier qui mène à notre appartement, plus la moindre trace de notre emménagement ne subsiste. Rêveur, je frappe à la porte. En un éclair, elle s'ouvre, la tête de Staf apparaît en écran géant et je me retrouve coincé contre le mur, immobilisé par une clef au bras. Mon frère m'assène de grands coups de béquille à la cuisse en remerciement du jeu que j'ai inventé pour lui cet après-midi, avec mon père comme acteur principal. La langue entre les dents, il me menace, il savoure ma posture délicate :

— J't'avais dit que j't'aurais.

J'appelle mon père à la rescousse :

— Abboué ! Abboué ! Il me tape !

Mon frère s'inquiète et resserre son étreinte.

— Ferme-la ou je te démonte pour de bon.

Je crie au secours de plus belle. Il me lâche, mais trop tard. Bouzid a entendu mon appel. Il s'avance vers lui et, sans ménagement, lui décoche un terrible coup de babouche au cul, avant de lui lancer :

— Espèce de fainiaine, y a que pour battre ton petit frère que t'es bon. T'as pas honte, un homme ?...

Désespéré, Staf pose les deux mains sur ses fesses pour vérifier si elles sont toujours collées à son derrière et rentre à la maison en pleurant de haine et de douleur. Il ose quand même dire :

— Y en a marre. C'est toujours moi qui prends ici.

Puis en me dévisageant :

— Tu vas voir, toi, je vais te faire manger tes dents un jour !

Caché derrière mon père, je lui adresse une grimace corsée pour le rendre encore plus fou. Il pleure quelques instants sur son matelas. Puis il prend un de mes bouquins et allume la lumière, car déjà il fait sombre chez nous, et, dans les alcôves, c'est la nuit. Mon père revient alors à la charge :

— Éteins la lumière ! Tu veux déjà me ruiner ou quoi ? C'est toi qui paies litriziti ?

Et Staf de redoubler d'exaspération.

Puis, Bouzid se tourne vers Emma et, sur un ton à peine plus modéré, lui dit :

— Alors ? C'est pas prêt encore ?

Dans la cuisine, Emma pétrit de la galette de semoule. Son visage n'est pas celui d'une femme heureuse. Pourtant, elle évolue au milieu de meubles en Formica bleu flambant neufs que l'ancien locataire a cédés à mon père pour un prix que Bouchaoui avait jugé très intéressant, avec la télévision, un lit capitonné et le canapé.

Staf gémit toujours dans son alcôve et Zohra, prise de pitié, s'insurge contre moi.

— Tout ça, c'est de ta faute, gros con.

L'air de rien, je m'approche d'elle et, dès qu'elle tourne la tête de mon côté, je lui décoche un petit uppercut à la face. Mon poing s'abat sur son œil. Elle hurle :

— Aïe ! Aïe ! Mon œil ! Je vois de l'électricité dans mon œil. Je ne vois plus rien... Abboué, je suis aveugle.

— Où, litriziti ? Éteignez tout ! Ah, bandes de diables, fils de démons, impurs, juifs... vous allez me sucer le sang. Allez, digage dlà, tous. Au lit. Tous.

La soirée s'est achevée ainsi. Emma a fait cuire une seule galette, l'a proposée au vieux. Il a dit qu'il n'avait plus faim. Et ils sont allés dormir dans leur lit capitonné.

Tous les matins, Emma fait du rangement dans son nouveau bart'mâ. On dirait qu'elle prend du plaisir à astiquer le sol carrelé, aussi lisse que les vitres des fenêtres. Pendant des heures, elle fait briller la table, les chaises et les blocs muraux en Formica. Tous ces objets qui l'entourent la fascinent. Il suffit de l'observer caresser le frigo lorsqu'elle le nettoie. Elle craint de l'écorcher.

Lorsque ma mère est heureuse, je me sens bien. L'appartement devient sucré, accueillant. Presque clair. Bouzid est au travail et Emma est reine chez elle, détendue. Zohra lui apprend à utiliser le fer à repasser électrique. Je profite de l'absence du vieux pour regarder la télévision. Emma craint qu'il ne remarque une augmentation anormale de la consommation d'électricité.

— S'il te plaît, mon fils, éteins-moi ça, sinon il va finir par la détruire un jour, dit-elle.

— Oh non, Emma. Je vais regarder juste un peu. Juste le film, après je l'éteins. D'accord ?

Elle ne répond pas. Signe qu'elle se résigne.

Presque simultanément, on entend frapper à la porte.

— Mon Dieu, c'est ton père. Coupe vite la tilifiziou ! me supplie-t-elle.

Je m'exécute aussitôt et la suis dans le vestibule. Ce ne peut pas être mon père, il travaille. J'ai soudain peur du malheur. Emma tremble de tout son corps, marche vers la porte, interroge d'un œil terrorisé tous les recoins de la pièce à la recherche de je ne sais quoi. Elle fait une prière à Allah. La main sur la poignée, elle questionne :

— Chkoun ? (Qui est-ce ?)

— Ouvre donc la porte. Tu as peur ? répond une voix féminine.

— Chkoun ? répète-t-elle.

— Dis-moi, tu ne me reconnais pas ? réplique la voix mystérieuse.

Elle m'est très familière. Soudain, les yeux d'Emma s'illuminent et elle crie :

— Oh, Zidouma !

Elle ouvre brusquement la porte, se jette dans ses bras, l'embrasse quatre fois, bafouille quelques mots d'usage et l'invite à entrer chez nous.

— Gharbi, gharbi, fait-elle, toute bouleversée par la rencontre.

Zidouma aussi est heureuse de la revoir. Après

les sanglantes bagarres qui ont eu lieu au Chaâba, vers la fin, j'ai cru que nous ne reverrions jamais la grosse Zidouma. Et la voilà, plus ronde que jamais, faisant miroiter à la lumière ses grandes dents recouvertes d'or, comme si les deux femmes avaient toujours été les deux meilleures amies du monde. En sortant de son couffin un paquet de sucre et un paquet de café, le passeport de visite maghrébin, elle franchit le seuil de la porte et commente aussitôt :

— Oh, c'est beau ça ! Et ça aussi ! Hou là là, quelle chance ! Tant mieux pour toi. Tant mieux.

Elle dévore des yeux les tapisseries, les deux tableaux qui pendent au mur, le mobilier Formica, le frigo, la cuisinière.

— C'est l'ancien qui habitait là qui a laissé toutes ces choses, justifie Emma.

En temps normal, elle aurait certainement deviné, dans l'exubérance de Zidouma, un mauvais œil. Elle aurait immédiatement pensé marabout. Aujourd'hui, pas de rhaïn ni de mrabta. Elle est comblée de joie, parce qu'elle a un bart'mâ comme Zidouma et qu'elle ne l'envie plus. Pendant qu'elle précise : « Ça, c'est le blouc, la table et les chaises en fourmica que l'autre a laissés. Avec le lit catouni... », Zidouma enchaîne des *oh !* d'admiration.

Je rallume la télé, alors que les deux femmes conversent de plus en plus fort, comme si elles étaient au marché. Lorsque ma mère dit qu'elle a peur de ne pas rencontrer de voisine arabe dans le quartier, Zidouma lui apprend que les Saadi qui habitaient au Chaâba sont nos voisins. Elle lui donne l'adresse qu'elle avait dans son sac.

— J'irai les voir demain, dit Emma. C'est pas bien de vivre seul.

A la télévision, je n'entends plus rien. Je me lève pour augmenter le volume, mais Emma s'exaspère et me crie d'aller au diable pour voir si elle y est. Je lui dis que je préfère regarder le film, alors elle s'approche d'un pas résolu vers la télévision et débranche la prise.

— Je vais la rallumer quand même, lui dis-je.

Zidouma intervient de sa grosse voix :

— Tu vas pas nous laisser discuter tranquillement ? Va t'amuser dehors, profite !

— Je n'ai pas de copains ici.

— Eh ben, va t'en chercher ! observe-t-elle. Va chez Ali Saadi, il connaît tout le monde ici.

Ma mère poursuit :

— Oui, va, mon fils. Tu diras à sa mère que je viendrai chez eux demain. Allez, va, mon fils. Sois gentil.

Je me résigne à sortir. Ce n'est pas tous les jours que la pauvre Emma a l'occasion de parler comme ça.

176

Le quartier est mort, étouffé par la chaleur qui s'écrase contre les façades des immeubles. Quelques voitures et un autobus dérangent de temps à autre le silence.

Deux vieux traînant leurs godasses sur le pavé fumant me croisent sans me regarder. Je marche vers la place Bellecour. Toutes les vitrines des magasins sont closes : « Réouverture le 3 septembre », « Congés annuels ». Que faire dans ce désert ? Je rentre. J'irai voir Ali une autre fois.

A l'entrée de notre allée, Emma et Zidouma s'échangent les derniers mots. Ma mère n'a pas réalisé que nous ne sommes plus chez nous, au Chaâba. Elle se tient là, à l'aise dans son binouar, au beau milieu de la rue. Zidouma, elle, arbore une jupe plissée dernier cri, des talons aiguilles. Si sa rondeur n'avait pas été si prononcée, on aurait pu la confondre avec une autochtone... Les deux femmes s'embrassent. Zidouma s'en va en direction de l'arrêt du bus qui mène à Villeurbanne. Je la regarde disparaître au bout de la rue. J'aurais préféré habiter près de chez eux, rencontrer tous les jours Hacène et Rabah, continuer à vivre comme au Chaâba. Ici, les temps vont être difficiles pour nous. Emma le sent déjà en faisant un ultime geste d'au revoir.

177

A l'entrée de la rue Terme, Bouzid débouche d'un virage, avachi sur sa Mobylette, suffoquant de chaleur. Je l'attends sur le bord du trottoir. Emma est rentrée. Il s'approche de moi, descend de son engin, le pousse dans l'allée, machinalement, en m'interrogeant sur un ton neutre :

— Qu'est-ce que tu fais là ?

Je lui réponds que je ne fais rien de particulier.

Parvenu dans la cour, il adosse la Mobylette contre le mur, retire des sacoches la gamelle dans laquelle il a mangé à midi, avant de s'engager d'un pas pesant dans la montée d'escalier. A cet instant seulement, je l'embrasse pour lui dire bonjour. Les os saillants de ses joues, qui se sont creusées depuis quelque temps de façon accélérée, me font mal. Le vieux Bouzid a beaucoup maigri. Il y a dans son visage une lourdeur, quelque chose qui m'éloigne de lui.

Depuis à peine deux semaines, il a dépensé beaucoup de gros billets pour acheter le mobilier dont il se serait volontiers passé, pour payer trois mois d'avance au régisseur, pour les papiers, pour le déménagement. Ce soir, il a pris un acompte. Assis à la table, il examine son reçu, déchiffre, ne sachant dans quel sens tenir le bout de papier, puis, finalement, éternelle rengaine, il m'appelle à l'aide :

— Viens me lire ça ! Combien ils ont écrit ?

178

Je saisis le document dans le bon sens, cherche la case où la bonne réponse a été écrite.

— 33 000 francs, Abboué.

— 33 000 francs, répète-t-il sans autre commentaire.

Et le voilà perdu dans ses calculs occultes, la fiche de paie à la main, les yeux à moitié fermés, signe qu'il réfléchit très profondément. Il compte, prévoit, planifie, recompte encore. Avec son doigt, il dessine sur la table des chiffres imaginaires.

Juste en face de lui, Emma prépare à manger. Muette. Elle ne lui a pas adressé un mot depuis son arrivée, pas un regard. Mais elle sent très profondément sa présence, sans le voir.

— 33 000... 12 000, répète-t-il.

Puis il m'appelle :

— Viens là, toi qui ne fais rien.

— Ouaiche, Abboué ?

— Va m'acheter deux boîtes de chemma chez le birou taba.

Il me tend quelques pièces. Je les prends et, soudain, une question pratique me vient à l'esprit :

— Comment on dit le chemma en français, Abboué ?

— Le tababrisi ! Demande du tababrisi.

Je suis descendu chez le buraliste de la place Sathonay. Il n'avait pas de tababrisi. D'ailleurs, il n'avait jamais entendu parler de ce produit. Je lui ai précisé que c'était de la poudre que l'on mettait

179

dans la bouche pour fumer, alors il m'a dit en levant les bras au ciel :

— Vous voulez du tabac à priser ?

J'ai dit :

— Oui. Deux boîtes. Et un paquet de Zig-Zag.

Le buraliste m'a servi en riant.

Les grandes vacances s'achèvent. Le quartier se réveille presque brutalement. Les passants se font plus nombreux dans les rues, sur les places, dans les magasins. Les coups de klaxon des voitures résonnent dans les allées des immeubles. Étrange brouhaha.

Depuis quelques jours, sur la place Sathonay, des gosses jouent au foot tous les après-midi. Hier, avec Staf, nous les avons regardés pendant long-temps. Secrètement, nous avons attendu que l'un d'eux s'approche de nous pour dire :

— Vous voulez jouer avec nous ?

Personne n'est venu. Nous sommes rentrés à la maison pour regarder le feuilleton à la télévision.

— Allez. Réveille-toi, il faut aller à l'icoule, insiste Emma en martelant mon épaule.

— Quelle heure il est ?

— 8 heures moins le quart. Regarde, tes frères et sœurs sont prêts à partir.

— Laisse-le, fait Staf. Nous, on s'en va.

— Eh bien, partez ! lui dis-je. Je m'en fous.

Terrible impression que de remettre les habits du dimanche pour aller à l'école, pour montrer à la maîtresse qu'on est propre. Les odeurs fortes du cartable en plastique, de la gomme, de la trousse et des protège-cahiers me laissent amer.

Je me lève, sans conviction, enfile ma tenue de gentleman et m'assois à la table pour déjeuner.

— Tu boiras ton lait demain matin, hurle Emma. Peigne-toi et va-t'en.

Avant de sortir, je saisis un morceau de galette qui traînait sur la cuisinière.

— Allez. Cours vite ! dit ma mère en refermant la porte derrière moi.

L'école Sergent-Blandan se trouve au bout de la rue du même nom, à deux cents mètres de la maison. Sur le trottoir, quelques filles et garçons, cartable en main, marchent tristement dans la même direction. Ici, ce n'est pas la ferveur des matins d'école au Chaâba. On va en classe comme les grands vont au travail. Sur le chemin, il n'y a aucune pute, aucun pont à traverser, et, devant le portail de l'école, les élèves attendent sagement l'heure de la sonnerie en compagnie de leur maman. Ici, les bigarreaux et les agates, connaît pas !

— T'arrives enfin, me lance Staf, heureux de trouver quelqu'un à qui parler.

Je m'approche de lui, lorsque quelqu'un, derrière moi, met les mains devant mes yeux et dit :

— Qui c'est ?

Sans laisser à l'inconnu le temps de reformuler sa question, je me retourne brutalement, intrigué par cette étrange familiarité.

— Ali ! Tu m'as fait peur, dis-je, encore sous l'effet de la surprise.

— Qu'est-ce que tu fous là ? demande-t-il.

— Eh ben, on habite là, maintenant. Regarde, y a mon frère aussi. On va à cette école. Moi, je suis en CM 2, et toi ?

— Cette année, je passe mon certif. Mais, dis-moi, pourquoi t'es pas venu me voir à la maison ? J'habite rue de la Vieille. C'est juste à côté...

— On savait pas où c'était... Je suis content de te retrouver là. Tu sais, on est tout seuls ici. On connaît personne...

Il sourit puis m'interrompt :

— C'est pas un problème, ça...

La sonnerie retentit. Il conclut à la hâte :

— Merde, ça sonne déjà. Écoute, on se verra à la sortie, ce soir, parce que cet après-midi j'accompagne ma mère à la mairie pour remplir des papiers. D'ac ?

— D'ac !

Avant de pénétrer dans la cour des garçons,

j'aperçois Zohra devant l'entrée des filles. Elle regarde timidement un groupe d'élèves qui ont l'air gai. J'ai un peu pitié d'elle. En croisant mon regard, elle me fait un signe d'encouragement de la main. Je le lui rends.

Ali et Staf disparaissent dans la cohue, tandis qu'une voix féminine crie dans la cour :

— Les élèves du CM 2, par ici !

C'est Mme Valard, la nouvelle maîtresse. Enrobée dans une blouse verdâtre qui ne l'avantage guère, elle a grise mine, avec ses petites lunettes rondes et ses lèvres trop fines.

— Allez, vous me suivez, dit-elle une fois que nous sommes tous réunis derrière elle.

Nous nous installons dans la classe, la maîtresse derrière son bureau. Elle dit en parcourant des yeux les rangs :

— Je vois que je connais beaucoup d'entre vous, déjà. Nous étions ensemble l'année dernière.

Puis, en fixant le bureau à ma droite :

— Je vois qu'Alain Taboul n'arrive toujours pas à se séparer de son frère...

Les deux intéressés, que j'avais pris pour deux compatriotes, tellement leur teint est foncé et leurs cheveux sont frisés, sourient bêtement. Avec des prénoms comme ça, ils ne doivent pas être arabes.

La maîtresse reprend :

— Nous avons un nouveau aussi ? !

Elle me fixe. Dans les rangs, toutes les têtes se tournent curieusement vers moi.

Mme Valard tient à la main mon carnet scolaire, celui que M. Grand lui a certainement envoyé pour préciser mon pedigree. Elle dit tout fort :

— Ah ! Ah ! Nous avons un petit génie avec nous !

J'ai baissé les yeux et elle a parlé d'autre chose. Je me suis senti mal dans ma peau.

— Alors ? Comment ça s'est passé, cette journée ? demande Ali qui est venu m'attendre à la sortie. Tu sais que tu es dans la même classe que mon pote Babar ? !...

— Non. Je savais pas. Je t'ai dit ce matin que je ne connais personne dans ce quartier...

— Tiens ! poursuit Ali. Le voilà, Babar.

Il me présente.

— Je te présente mon cousin Azouz. On habitait ensemble avant.

— Je t'ai vu en classe, dit Babar. Tu étais assis tout seul.

Je me justifie :

— Je connais personne encore.

Il reprend :

— J'ai bien vu. Même que la maîtresse, elle s'est

foutu de ta pomme. Fais gaffe, c'est une salope.
Moi, elle peut pas me saquer, je sais pas pourquoi.
Elle dit que je suis un fumiste, mais je comprends
pas pourquoi elle dit ça, parce que j'ai jamais
fumé...

Ali intervient :

— Si elle te fait trop chier, tu me le dis. Je me
ferai les quatre roues de sa voiture. Je sais laquelle
c'est.

Babar rit et conclut :

— Demain, je me mettrai à côté de toi.

Je lui dis que cette idée m'enthousiasme.

— Qu'est-ce que tu branles, maintenant ? questionne Ali.

— Qu'est-ce que je quoi ? ? dis-je, surpris.

— Qu'est-ce que tu fous, quoi ?

— Je vais chez moi. Je suis obligé parce que
mon frère est déjà rentré, et il faut que je rentre
avec lui, sinon mon père me scalpe...

— Bon, on va t'accompagner, comme ça tu nous
montreras où tu crèches...

Je fais une mine étonnée. Ali précise :

— Où tu habites, quoi... Putain, mais où tu as
appris à jacter, toi ?

Lui et Babar se moquent amicalement de mon
ignorance.

— Ton père et ta mère, ça va ? demande le
cousin.

— Ouais, lui dis-je. Kouci kouça. Mon père, y

voulait pas partir du Chaâba, tu sais. Maintenant il regrette...

— Ici, on est mieux que dans les baraques du Chaâba, tu verras. Il faut s'habituer.

Babar m'encourage encore :

— Tu connaîtras tous nos potes. Comme ça, tu seras pas seul...

Petit à petit, une agréable euphorie s'empare de moi. Fini la solitude, fini les journées télévision. En remontant la rue Sergent-Blandan, nous avons croisé plusieurs gones qu'Ali et Babar connaissent. Ils m'ont présenté. J'étais fier d'être le cousin d'Ali. Et lorsqu'ils m'ont présenté Martine, j'ai un peu rougi. Ali semblait très à l'aise avec les filles, beaucoup plus que Babar. Lorsqu'elle a disparu derrière nous, il m'a même avoué :

— Celle-là, ça fait longtemps qu'elle me cherche. Elle te plaît ?

J'ai répondu que ses cheveux blonds étaient merveilleux.

Il a dit :

— C'est tout ?

Arrivés à la maison, Ali a embrassé mes parents et tendu la main à ma sœur comme il se doit envers une jeune fille. Babar n'a pas voulu entrer. Il a dit :

— J'attends dans le couloir.

Alors mon père est allé le chercher en lui faisant :

— Atre ! Atre boire café. T'en as pas peur ?

Très gêné, Babar nous a rejoints, tandis que nous rigolions tous de l'accent du père.

Nous n'avons guère tardé. Ils ont dit au revoir et nous sommes ressortis dans la rue.

— Tu vois, c'est là la rue de la Vieille. C'est pas loin, me fait Ali.

La fameuse rue se trouve effectivement à quelques pas de l'école. Elle ressemble à toutes les autres avec ses pavés, son gris et ses traboules. Devant le numéro 3, nous rencontrons un gone, assis sur le trottoir, qui ne semble rien attendre en particulier.

— Lui, c'est Kamel, dit Ali.

Je lui tends la main et il me demande :

— Tu es d'où, en Algérie ?

— Sétif. Et toi ?

— Oran.

Nous avons parlé ensemble comme des amis de longue date et d'autres gones sont venus se joindre à nous au fur et à mesure que le soleil rouge de septembre disparaissait derrière le lit de la Saône. Il faisait nuit noire lorsque j'ai réalisé que Bouzid m'attendait à la maison. Alors, ivre de joie, j'ai couru dans les rues d'un trottoir à l'autre, pas par crainte de perdre mon scalp, mais parce que j'étais un vrai gone à présent.

A la maison, Bouzid m'attendait, pas ivre de joie du tout :

— Où étais-tu, zalouprix ? m'a-t-il hurlé.

Sûr de moi, j'ai répondu :

— Avec Ali, Abboué. Je t'ai dit tout à l'heure que j'allais chez lui.

— Ça y est, hallouf, tu commences à traîner dans les rues !

J'ai tenté une diversion en m'adressant à ma mère :

— Emma, la mère d'Ali m'a dit de t'embrasser...

Elle a dit :

— Allez, viens manger, mon fils !

Et le scalpeur a tranché en criant :

— Manger ? Manger ? Pas de manger pour lui ce soir. Il a qu'à aller manger dehors avec ses copains de la rue. Si il commence à rentrer à 8 heures du soir celui-là, alors qu'il a même pas un poil, bientôt il va nous monter sur la tête...

Puis, en se tournant dans ma direction :

— Allez, fout'-moi l'camp da l'alcoufe ! Hallouf !

— T'es un Arabe ou un juif, toi ? me questionne l'aîné des Taboul, alors que nous sommes en récréation.

C'est la première fois qu'il s'adresse directement à moi depuis que l'école a recommencé. Son frère le colle à la ceinture comme d'habitude. Si Babar avait été avec moi, je n'aurais pas eu peur d'eux. Mais, ce matin, il n'est pas venu à l'école et je me sens fragile devant Mme Valard et à présent devant les frères Taboul.

Depuis que la terrible question a été posée, j'ai eu le temps de réfléchir à mille conséquences de ma réponse, en une fraction de seconde. Il ne faut pas donner l'impression d'hésiter.

— Je suis juif ! dis-je, convaincu.

Les deux Taboul manifestent leur satisfaction. Je savais qu'ils étaient juifs, car, à la télévision, on n'entend plus parler que de la guerre des Six Jours entre Arabes et Israéliens. D'ailleurs, fréquemment, l'aîné traite son frère de « sale Arabe » lorsqu'il veut l'injurier le plus gravement possible. C'est comme Bouzid lorsqu'il nous traite de « juif » tout court, à la maison. Lui ne rajoute pas d'indice d'hygiène.

Je suis juif, j'ai dit. Parce que les Taboul sont deux, qu'ils connaissent bien la maîtresse et beaucoup d'autres élèves. Si j'avais avoué que j'étais arabe, tout le monde m'aurait mis en quarantaine, à part Babar, bien sûr. Et puis les Taboul racontent aussi que, dans le désert, là-bas, un million d'Israéliens ont mis en déroute plusieurs millions d'Arabes, et je me sens humilié à l'intérieur. Alors, il valait mieux que je sois juif.

— Pourquoi tu t'appelles Azouz ? demande Alain, intrigué par cette consonance berbère.

— C'est parce que mes parents sont nés en Algérie, c'est tout. Alors j'ai un nom de là-bas. Mais je suis né à Lyon de toute façon, alors je suis français.

— Ah bon ? ! fait Alain, perplexe.

Heureusement, je suis sauvé par le gong. La sonnerie nous rappelle au travail, mais je suis mal barré pour les prochains jours.

Ça s'est passé un soir vers 5 heures, alors que Mme Valard venait juste de nous libérer. Je descendais l'escalier qui débouche directement sur le trottoir de la rue, les deux compatriotes juifs à mes côtés. Plusieurs mamans attendaient leurs gones. Soudain, une vision insupportable boucha le cadre de la porte. Là, sur le trottoir, évidente au milieu des autres femmes, le binouar tombant jusqu'aux chevilles, les cheveux cachés dans un foulard vert, le tatouage du front encore plus apparent qu'à l'accoutumée : Emma. Impossible de faire croire qu'elle est juive et encore moins française. Elle me fait un signe de la main pour m'avertir de sa présence, quand Alain dit à son double :

— Regarde, elle t'appelle, l'Arabe !

Le double éclate de rire, un rire des plus ignobles, avant de poursuivre :

— C'est ta femme ?

Et ils s'esclaffent de plus belle, là, à quelques
centimètres de moi. Et je reste muet, piégé,
comme les Égyptiens dans le désert du Sinaï. Je
feins de rattacher le lacet de ma chaussure pour
attendre qu'ils s'éloignent de moi. Et lorsqu'ils me
tournent le dos, j'adresse à ma mère de grands
signes de bras, secs, déterminés ! Je lui parle avec
mes yeux, mes mains, mon corps tout entier pour
la supplier de s'en aller, de se mettre ailleurs.
D'abord, elle ne comprend rien à mes gestes et
continue de me sourire et d'agiter son bras dans ma
direction. Puis, au fur et à mesure que j'accentue
mon mouvement de colère, son sourire disparaît de
ses lèvres, son bras s'abaisse, son corps se fige.
Finalement, elle fait marche arrière et s'en va se
cacher derrière une voiture. Sauvé ! Pendant ce
temps, les autres mamans retrouvent leurs enfants
à grands coups d'embrassades.

— Salut ! A demain, font les Taboul.

— A tout à l'heure, me dit Babar. Rue de la
Vieille !

— Non. Attends-moi ! lui dis-je. Je vais avec toi.

Emma attend toujours son fils derrière la voiture. Je jette un coup d'œil vers elle. La pauvre est
immobile. Elle me voit prendre une direction
opposée à la sienne et comprend enfin que je ne
veux pas la voir du tout. Alors, elle part seule dans
la rue Sergent-Blandan pour retourner à la maison.

— Salut, dis-je à Babar. Finalement, je rentre chez moi.

Il ne comprend pas. Je cours en direction d'Emma et la rejoins en deux enjambées :

— Pourquoi tu viens m'attendre devant l'école ? lui dis-je sans ménagement.

— Pour apporter ton goûter. Regarde, j'ai acheté une brioucha avec li chicoulat pour toi. Tu en veux ?

Elle tire avec délicatesse une brioche de l'une de ses poches.

— Non, j'en veux pas. J'ai pas faim et d'abord je ne veux plus que tu viennes m'attendre devant l'école.

Elle paraît surprise de mon emportement violent, puis, tristement, elle demande :

— Pourquoi ?

— Je ne suis pas un bébé. Je suis assez grand pour rentrer tout seul à la maison.

— Je ne reviendrai plus t'apporter ton goûter devant l'école, mon fils. Ne te mets pas en colère contre moi.

Nous avons marché quelques mètres côte à côte, puis elle s'est arrêtée pour me dire droit dans les yeux :

— Je t'ai fait honte, hein ?

J'ai dit :

— Ça va pas, non ! Mais qu'est-ce que tu racontes ?

— Je n'aime pas quand tu cries comme ça. Regarde. Tout le monde nous regarde.

— Pourquoi tu dis que j'ai honte de toi ?

— Parce que je ne ressemble pas à une Française, et puis mon binouar...

Je l'interromps :

— Mais non, c'est pas ça. Je t'ai dit que je ne veux pas que tu viennes m'attendre à la sortie comme si j'étais un bébé. Regarde mes copains de classe : personne ne vient les attendre, eux !

— Oui, oui, tu as raison, me dit-elle. C'est ma faute, je voulais prendre l'air un peu et j'ai pensé à acheter un goûter pour te l'apporter à l'icoule.

— Donne-moi-le, maintenant, Emma. J'ai faim.

Elle m'a tendu le pain et le chocolat et nous avons marché jusqu'à la maison. Un profond sentiment d'humiliation me coupait l'appétit.

Lorsque Mme Valard a rendu les classements, elle a fait durer le plaisir, la garce !

— Azouz, dix-septième sur trente... C'est pas fameux pour un ancien petit génie...

Et là, comble de déshonneur, j'ai pleuré au milieu de la classe. Elle a ajouté :

— On s'était habitué à être le premier ? !

A la maison, mon père dit que je ne travaille plus à l'école parce que je traîne trop souvent avec les voyous des rues, au lieu de lire des livres comme avant, au Chaâba. Il ne veut pas comprendre que c'est la faute de Mme Valard si je suis dix-septième. Alors, je me sauve dehors, rue de la Vieille, et tant pis pour les désagréments du retour.

Kamel est en train de réparer la roue arrière de son vélo.

— Salut, Kamel !

— Salut. Ça va ?

— Ça va. T'es tout seul ?

— Ouais, me répond-il. Mais j'attends les autres. On va aller faire du vélo jusqu'à chez les paysans. Tu veux venir ?

— Avec quoi ? J'ai pas de braque.

— Ah ! T'as pas de braque ? fait-il, surpris.

Et aussitôt :

— T'en veux un ?

— Comment, j'en veux un ? T'en as un à me refiler ?

— Te casse pas la tête. Je vais finir de réparer cette putain de roue et on va aller t'en trouver un, de vélo.

Quelques minutes plus tard, nous voilà partis, en direction de la place Sathonay. Les rues sont désertes à cette heure-ci. Les gens déjeunent.

— Qu'est-ce que tu veux faire, Kamel ?

— On va piquer un braque. T'en veux un ou pas ?

— Ouais. Bien sûr que j'en veux un. Mais je suis pas un piqueur, moi.

Il éclate de rire.

— Moi non plus. De toute façon, c'est toi qui vas piquer un vélo, c'est pas moi. Je vais faire le guet. C'est tout.

Nous nous approchons du centre de la place, aux pieds du sergent Blandan, où sont garés plusieurs vélos et Mobylette. Décontracté, Kamel me désigne du doigt un magnifique routier rouge.

— Celui-là ! lance-t-il. Vas-y. Je guette.

— Mais le cadenas ? Comment je vais l'enlever ?

Il commence à s'exaspérer de mon hésitation.

— C'est facile. Tu prends le cadenas comme ça. Tu le tournes dans les doigts et il craque. Ça tient que dalle, ces conneries. Tu verras.

— Je peux pas.

— T'as peur ?

— Beaucoup.

— Bon, eh ben on se tire, conclut-il.

J'hésite encore un moment.

— Non. Attends encore un peu, je vais y aller.

— Bon. Alors, dépêche-toi, sinon on va se faire repérer.

Il s'écarte de quelques pas, tourne le dos et scrute l'horizon. L'angoisse du voleur me noue le ventre et un terrible tremblement secoue mes doigts. Je ne sens plus mes jambes. Je saisis le cadenas dans la main, le tords dans tous les sens. Le vélo tombe à terre avec fracas. Kamel se retourne :

— Qu'est-ce que tu fous ? demande-t-il en riant.

— J'arrive pas à le casser !

— Force plus !

J'augmente ma pression. Deux rayons cèdent et la serrure craque enfin.

— Ça y est, Kamel !

En courant comme un fou sur la place, j'enfourche le vélo tandis que Kamel saute sur le porte-bagages.

— Pédale plus vite ! crie-t-il. Y a un mec qui nous court après !

Impossible d'accélérer l'allure. Je suis congelé.

— Où est-il ? dis-je en me retournant.

Kamel pouffe de rire :

— C'était une blague. T'as eu peur, hein ?

— T'es con de faire des blagues comme ça.

— Allez, roule ! Tu vois bien que c'est facile de piquer.

Rue Sergent-Blandan. Je m'engouffre dans la cour centrale de mon allée. Sauvé ! En peu de temps, le vélo rouge devint noir. Propriété privée.

— Allez, viens ! Maintenant, on retourne rue de la Vieille. Au fait, il faudra que tu te paies un autre cadenas...

— Ouais, dis-je. Ça serait con de me le faire voler.

— C'est bien fait pour vous : vous avez voulu partir... eh ben maintenant démerdez-vous sans moi !

Depuis plusieurs mois que nous habitons là, cette menace est devenue rituelle dans la bouche du vieux à chaque fois qu'une difficulté surgit chez nous. La semaine dernière a été terrible. Il n'a pas donné le moindre franc à ma mère et il a même empoché tout le mandat des allocations familiales, de crainte que l'on ne gaspille l'argent. Nous n'avons acheté que du lait à l'épicerie et Emma a cuit du pain de semoule tous les jours pour faire des économies. Hier soir, en rentrant du travail, il a menacé méchamment :

— Ça va pas tarder. Je vais y retourner, moi, au Chaâba. Celui qui veut bouffer n'a qu'à me suivre...

Et il est parti quelques minutes plus tard. Nous l'avons regardé saisir un sac en plastique, y enfouir pêle-mêle quelques vêtements, des victuailles, et s'en aller sans dire le moindre mot, pour un pèlerinage au Chaâba. Emma, impassible, n'a pas pleuré. Sans doute parce qu'elle savait qu'il allait réapparaître dans quelques jours. Au contraire, elle était presque détendue après son départ, et nous aussi. En refermant la porte derrière lui, elle a même crié :

— T'as qu'à aller crever dans ton Chaâba crasseux, vagabond !

Comme prévu, il est rentré samedi. Il a ouvert la porte très bruyamment, certainement pour annoncer son arrivée, puis il est venu directement au salon. Blottis les uns contre les autres autour d'Emma, nous regardions la télévision, assis sur le canapé. Aucun de nous n'a bougé. Les secondes ont paru interminables. Puis, imperceptiblement, un sourire s'est dessiné sur ses lèvres et une lueur a éclairé ses yeux. Il continuait de nous fixer, son sac à la main, et nous étions abasourdis par son attitude. Emma ne le regardait toujours pas. Il se mit à sourire, puis à rire franchement, comme si son abandon de domicile n'avait été qu'un jeu. Zohra s'est mise à glousser la première, puis nous avons tous suivi, Emma la dernière.

— Alors ? Vous n'êtes pas morts de faim ? Vous pouvez vous passer de moi... facilement, a-t-il commenté.

Personne n'a répliqué. Puis il s'est adressé à Zohra :

— Allez, va me faire un café.

Et elle s'est exécutée sans réaction.

S'il n'y avait pas eu ce baiser obscène à la télévision, nous aurions sûrement passé une agréable soirée. Mais voilà, ce cochon d'acteur a voulu toucher la langue de la fille, devant nous tous, et ça, Bouzid ne l'a pas supporté. Il s'est emporté à nouveau :

— Coupez-moi cette cochonnerie ! On n'est pas dans la rue ici ? ! !

Aucun de nous n'a bougé, alors il s'est précipité vers la télé, a appuyé au hasard sur un bouton : c'était le son ; sur un deuxième : c'était le contraste ; sur un troisième : c'était la tonalité. Alors, pris de folie, il a arraché le fil de la prise et toute l'installation électrique de la maison a sauté. L'obscurité était totale et la situation cocasse. Staf s'est mis à plaisanter.

— Va chercher des bougies au lieu de rire, hallouf ! a hurlé le père.

— Y en a pas ! a fait remarquer Emma, muette jusque-là.

— Eh ben tant pis. Ça fera des économies di triziti. Je veux plus voir la tilifiziou allumée... C'est compris ? D'abord, je vais la vendre...

Staf s'est approché de moi, inquiet :

— Il est devenu fou, le papa, a-t-il suggéré.

Je n'ai pas su quoi ajouter. De toute façon, le changement d'humeur brutal du père ne m'avait pas surpris. Zohra s'est jointe à nous pour renchérir :

— On peut plus allumer l'électricité quand c'est la nuit. Il faut pas tirer la chasse d'eau des WC

avant plusieurs usages. Il faut pas allumer la
télévision... Il commence à nous emmerder celui-
là !

— Vivement qu'il retourne au Chaâba pour de
bon, a dit Staf.

Le week-end suivant, Bouzid est encore retourné
au Chaâba. Pour s'occuper du jardin, a-t-il justifié.
Mon œil, oui !

J'ai difficilement terminé le mois de juin à l'école
Sergent-Blandan.

La maîtresse a organisé une réunion de parents
d'élèves, un samedi, pour faire le bilan de l'année.
Elle a distribué à chacun de nous un papier à faire
signer à la maison. Je l'ai gardé dans mon cartable.
Si je l'avais donné à mon père, il aurait posé
beaucoup de questions et insisté pour assister à cette
réunion. Je ne voulais pas qu'il manque le travail
pour si peu. Et puis, qu'aurait-il compris ? Qu'aurait-il dit à la maîtresse ? Il l'aurait écoutée comme
écoutent les sourds, aurait fait mine de comprendre
par des hochements de tête. Mme Valard aurait vite
fait de se rendre compte de son état. Je ne voulais
pas montrer mon père sous cet angle-là.

Elle m'a retenu un soir à la fin de la classe. Elle
m'a interrogé sur l'absence de mes parents et je lui
ai répondu que mon père travaillait les samedis.

— Et votre maman ? a-t-elle poursuivi.

J'ai répondu qu'elle était malade, mais elle n'a pas paru convaincue du tout. C'est la première fois qu'elle me parlait sur un ton qui ne me « chairde-poulait » pas. Elle m'a questionné sur ma famille. Je lui ai appris que mon père était maçon et que ma mère n'était rien. Elle a demandé à quel âge j'étais arrivé d'Algérie, et alors là j'ai fait observer avec fierté que j'avais vu le jour à Lyon, dans le plus grand hôpital : Grache-Blache (Grange-Blanche), comme disent Emma et Abboué. Puis, souriante, elle m'a demandé si j'étais heureux d'aller en sixième. J'ai répondu que M. Grand, mon maître de Léo-Lagrange, m'avait toujours prédit que je pourrais aller au lycée. Elle a ri et pensé que mon assurance était excessive. Je suis sorti de la classe en grand vainqueur.

Les frères Taboul m'attendaient dans la rue.

— Alors ? Qu'est-ce qu'elle t'a dit ? a demandé l'aîné.

Immédiatement, l'autre a renchéri :

— Tu passes en sixième ? Dans quel lycée tu vas aller ?

J'ai dit très simplement :

— Au lycée Saint-Exupéry.

Lorsque l'aîné m'a appris que leurs parents avaient choisi de les envoyer dans une école payante où il n'y a que des curés, une joie profonde s'est emparée de moi. Depuis que les Taboul m'avaient forcé à troquer la Torah contre le Coran, je me maudissais à chaque fois que je me trouvais en leur compagnie.

Avant de nous séparer, ils ont voulu me faire monter chez eux. J'ai dit que ma mère m'attendait à la maison. Et, en prenant congé, je leur ai lancé un « Salam oua rlikoum » plein d'accent du Midi. Tous deux ont éclaté de rire en me criant qu'on me croirait presque arabe. J'ai ri moi aussi.

Mon père était déjà rentré du travail quand je suis arrivé à la maison. Placide, je lui ai annoncé :

— Abboué, je passe en sixième !

Il m'a félicité, puis, intrigué par ce numéro six, s'est tourné vers Zohra :

— Qu'est-ce que c'est ça : sizim ?

Elle a dit :

— C'est la grande icoule...

Il m'a promis que, dimanche matin, j'irais avec lui au marché aux puces. J'ai demandé l'autorisation de regarder la télévision : accordé !

Le lycée Saint-Exupéry est situé à la Croix-Rousse, à un quart d'heure de la maison. En ce jour de rentrée scolaire, devant l'arrêt du bus qui mène à l'école, l'angoisse et l'excitation se mêlent dans ma tête. Hier soir, Emma m'a astiqué comme son frigo, dans la bassine verte. J'ai la peau blanche. Les autres élèves qui attendent le bus avec moi me regardent de temps à autre, penauds, timides, aussi blancs que moi.

Le bus pointe son nez dans le virage prononcé de la rue Terme. Il ne va pas au « Cimetière Croix-Rousse ». Ce n'est pas le bon. Un élève monte et les portes se referment sur lui. Surpris, il constate, alors que le bus démarre, que personne ne l'a suivi. Il arrivera en retard.

Quelques secondes plus tard, le « Cimetière » débouche, bondé. Dans un crissement à fissurer les dents, il bloque ses roues gigantesques à ma hauteur. Je m'apprête à me hisser. Une vieille dame s'empare de mon cartable, le tire en arrière et m'injurie :

— Mal élevé. Voyez que j'suis vieille !

Je lui cède ma place et insiste à nouveau pour monter.

— C'est complet ! C'est complet ! Prenez le prochain, il arrive, crie le contrôleur.

Je fais deux pas en arrière, désorienté. Heureusement, le suivant s'annonce par un coup de klaxon strident. Il est plein d'élèves, certainement du lycée Saint-Exupéry. Difficilement, le bus parvient sur le plateau de la Croix-Rousse.

— Hénon ! annonce le chauffeur.

Et le flot de cartables descend. Je me laisse porter par la vague.

Le lycée se trouve juste en face de l'arrêt de bus. Majestueux. Je marche seul, à côté de trois élèves qui semblent se connaître depuis longue date et qui racontent leurs vacances. Je pénètre avec eux dans l'immense cour centrale. Devant les listes affichées sur les murs, des dizaines d'élèves se pressent. Et quelqu'un de hurler :

— Chouette ! On est ensemble.

Les autres, comme moi, restent impassibles. M'efforçant de prendre un air d'habitué pour ne pas faire pitié, je cherche mon nom. Là ! Sixième B. Salle 110. Je jette un coup d'œil sur les noms suivants. Pas de compatriotes dans la sixième B. Je regarde derrière moi dans la cour où des centaines d'élèves attendent la sonnerie. Là-bas, devant la dernière liste de noms, j'aperçois un « cheveux frisés ». Il me voit aussi, me fixe un instant puis détourne les yeux. Il doit être aussi paumé que moi, le pauvre. Il me regarde à nouveau et je lui adresse un signe imperceptible de la tête. Il me répond aussi imperceptiblement.

8 heures sonnent. Les élèves dispersés dans la cour se rangent devant les piliers. L'effectif de la sixième B est maintenant réuni. Soudain, je me mets à rêver au Chaâba, à Léo-Lagrange, à tous ceux que je retrouvais les matins devant le portail, qui me disaient : « Bonjour ! Pose ton bigarreau ! »

lorsque j'étais riche, en attendant que le gardien ouvre les portes. La nostalgie me serre le cœur. Dans le rang, les coups d'œil furtifs se croisent, s'entrechoquent. Je ne sais où regarder. Je fixe la liste des noms que j'ai déjà mille fois observée. Le directeur se présente, dit que les choses sérieuses vont commencer maintenant, avant de nous inviter à rejoindre nos classes et nos professeurs principaux. J'ai tellement envie de retourner chez M. Grand !

— Tu sais où elle est, la salle, toi ? m'interroge un élève alors que nous montons l'escalier.

— Non, lui dis-je. Je suis nouveau dans cette école.

— Moi aussi, poursuit-il. Tu es d'où, toi ?

La question me surprend un peu, mais je réagis rapidement.

— Je suis né à Lyon.

— Non, je voulais dire dans quelle école tu étais l'année dernière ?

— Ah ! Quelle école ?... A l'école Sergent-Blandan. C'est tout près de la place des Terreaux.

— Je connais pas, fait l'élève. Moi, avant, j'étais à Paris, et mes parents ont déménagé à Lyon.

— Ah ! fais-je sur un ton de faux surpris.

Il enchaîne :

— Je m'appelle Alain. Et toi ?

— Begag, dis-je en continuant de marcher.

— T'as des copains dans cette école ?

— Ouais, bien sûr. J'en ai beaucoup, mais ils ne sont pas dans la même classe que nous.

— Eh ben moi, je connais personne. Je pourrais me mettre à côté de toi ?...

— Si tu veux.

Dans ses yeux, une lueur d'espoir renaît. « Encore un perdu, me dis-je. Comme moi. » Nous parvenons à la salle 110 après avoir longé un couloir interminable. Elle est ouverte, mais le professeur principal n'est pas encore là. Quelques élèves rentrent. Je les suis avec le Parisien perdu.

— Où on se met ? me demande-t-il.

Les premiers rangs sont délaissés par ceux qui se sont déjà installés.

— Écoute, dis-je, on n'a qu'à se mettre à la deuxième rangée...

— Ça m'arrange, parce que j'y vois rien avec mes lunettes.

Un peu plus tard, le professeur arrive en trombe dans la classe, balaie d'un regard précis chacun de nos visages, referme la porte derrière lui, nous salue d'un sourire et s'installe derrière son bureau monté sur une estrade. Il fixe les couples d'élèves qui se sont placés au fond de la classe et leur lance :

— Je vous fais peur ? Allez, venez vous installer au premier rang.

206

Tout le monde s'exécute, et deux élèves viennent s'asseoir juste devant notre bureau.

— Vous n'êtes pas mieux, comme ça? fait le prof, un peu ironique.

— Si, si, m'sieur, répond l'un d'eux en croyant que la question s'adressait à lui.

Le prof poursuit :

— Mon nom est Émile Loubon. (Il l'écrit au tableau.) Je suis votre professeur principal et votre professeur de français. Tous les lundis matin, nous serons dans cette salle.

Puis il nous parle du fonctionnement du lycée, du déroulement des cours, nous livre l'emploi du temps et, au bout d'une demi-heure, nous propose de remplir une fiche de renseignements qui lui servira à mieux nous connaître.

— Vous écrirez d'abord vos nom et prénom, votre adresse, la profession de votre père, de votre mère, le nombre de frères et sœurs que vous avez...

Il a du charme, M. Loubon, avec son visage carré, ses mâchoires larges, sa bouche bien dessinée, ses yeux ronds et marron sur son teint mat. Ses cheveux bruns, abondants, grisonnent à quelques endroits et le vieillissent légèrement.

Il y a des profs que l'on sent tout de suite, avec qui on est sûr que tout va marcher. M. Loubon est de ceux-là. Et il y a les autres, comme Mme Valard. Le premier contact vous dégoûte de l'école. Des gens comme ça portent le doute dans votre

tête. Vous vous demandez pourquoi elle vous en
veut : parce que vous êtes arabe ou parce que vous
avez une tête qui ne lui revient pas ? Pourtant, j'ai
une tête sympathique, moi. Je la regarde souvent
dans la glace et je la trouve marrante. Il faut se
résigner : on ne peut pas plaire à tout le monde.

Pendant que je remplis ma fiche de renseignements, le prof descend dans les rangs pour ramasser les papiers de ceux qui ont déjà fini. Il parvient
à mon rang, penche sa tête par-dessus mon épaule
pour voir mon nom. Je me retourne. Et, à cet
instant, lorsque nos regards se croisent, se mélan-
gent, je sens qu'il y a au fond de cet homme
quelque chose qui me ressemble et qui nous lie. Je
ne saurais dire quoi. Il retourne à son bureau,
scrute les fiches et les visages correspondants,
commente parfois un léger détail, demande des
précisions complémentaires. Puis il me fixe : ma
fiche est entre ses mains. Je déteste ces situations
où l'on est obligé de tout dire de soi. Ça y est, il va
me poser des questions.

— Comment se prononce votre prénom en
arabe ? demande-t-il sur un ton amical.

Je me sens vidé d'un seul coup. Heureusement
que les Taboul ne sont pas dans la classe, sinon
qu'aurais-je répondu ? Que je n'étais pas arabe ?
Peut-être y a-t-il d'autres Taboul autour de moi ?
Le prof attend une réponse. Comment lui dire que
je n'ai pas envie de dévoiler ma nature à tous ces

élèves qui sont maintenant en train de m'observer comme une bête de cirque ? J'ai envie de lui dire : je ne suis pas celui que vous croyez, mon bon monsieur, mais c'est impossible. J'ai la sensation qu'il sait déjà tout de mon histoire. Je réponds malgré tout :

— On dit Azouz, m'sieur.

— Vous êtes algérien ? !...

— Oui, m'sieur, dis-je timidement.

Maintenant, je suis pris au piège. Plus d'issue possible.

— De quelle région êtes-vous ?

— De Sétif, m'sieur. Enfin, je veux parler de mes parents. Moi, je suis né à Lyon, à l'hôpital Grange-Blanche.

Mon voisin immigré de Paris a le nez collé à mes lèvres. Depuis le début, il m'écoute, attentif. J'ai envie de lui crier : « Maintenant, tu sais tout. T'es content ? Alors arrête de me regarder comme ça. »

— Vous habitiez à Villeurbanne ? poursuit M. Loubon.

— Oui.

— Où, exactement ?

— Avenue Monin, m'sieur.

— Dans les chalets du boulevard de ceinture ?

Intrigué par l'intuition du prof, effrayé par l'idée qu'il connaît le Chaâba, la saleté dans laquelle je vivais lorsque j'étais petit, je réponds que j'habitais effectivement dans les chalets. Ça fait plus propre.

— Et pourquoi vos parents ont-ils déménagé ?

— Je ne sais pas, m'sieur.

Puis, dans ma tête : « Il est bien curieux, çui-là ! »

Un silence de quelques secondes s'abat sur la classe. Je me dis que maintenant je ne pourrai plus jamais cacher mes origines sarrasines, qu'Emma pourra venir m'attendre à la sortie du lycée. Puis je réalise qu'elle ne viendra plus jamais. Le mal est déjà fait.

M. Loubon reprend la parole, pour se présenter cette fois :

— Moi aussi j'habitais en Algérie. A Tlemcen. C'est près d'Oran. Vous connaissez ?

— Non, m'sieur. Je ne suis jamais allé en Algérie.

— Eh bien, vous voyez : moi je suis français et je suis né en Algérie, et vous, vous êtes né à Lyon mais vous êtes algérien.

Il sourit avant de poursuivre :

— Je suis venu en France quelque temps après l'indépendance.

— Alors, vous êtes un pied-noir, m'sieur ? lui dis-je, en connaisseur.

— Un rapatrié d'Algérie, oui. On dit pied-noir aussi.

Puis, de la tête, il m'invite à poursuivre mon idée.

— Quand mon père habitait à Sétif, il travaillait

210

chez un patron qui était pied-noir aussi. C'est lui qui me l'a dit. Même qu'il s'appelait Barral.

— Qu'est-ce qu'il faisait votre père, à Sétif ?

— Il était journaliste dans la ferme de Barral...

— Journaliste ? Dans une ferme ? interroge le prof, ébahi.

— Oui, m'sieur. Il gardait les moutons, il s'occupait des chevaux, il travaillait la terre, toute la journée.

Il éclate de rire avant de dire :

— Ah ! Vous voulez dire qu'il était journalier ? !

— Je ne sais pas, m'sieur. Mon père dit toujours qu'il a été journaliste. Alors moi je répète ce qu'il me dit.

— Non, non, reprend-il, on dit journalier. Mais vous savez, tous les pieds-noirs n'avaient pas de ferme comme Barral en Algérie...

Je ne réponds rien. Tout ce que je sais, c'est que mon père dit que les « binoirs » n'aiment pas les Arabes, et surtout ceux qui travaillent avec lui, à l'usine. Il paraît qu'ils disent toujours aux Algériens du chantier : « Vous avez voulu votre indépendance et maintenant vous venez travailler ici ! » Ils ne comprennent pas. Et moi non plus. On aurait dû rentrer chez nous depuis longtemps.

La sonnerie de 10 heures retentit. Le premier cours de français prend fin. Comme les autres élèves, je range mes affaires dans mon cartable et m'apprête à sortir de la classe, lorsque M. Loubon me pose une dernière question, en arabe cette fois, un arabe algérien, comme on parle à la maison. Il me dit :

— Tu comprends l'arabe ?

En français, je lui réponds :

— Oui, je parle toujours arabe avec mes parents.

— Allez, au revoir, à lundi prochain, conclut-il en souriant.

Mon voisin immigré de la tour Eiffel m'observe comme si j'étais un dieu. Cette fois, il est bouche bée.

— Tu le connaissais d'avant, le prof ? demande-t-il curieusement.

— Non, lui dis-je. C'est la première fois que je le vois.

— Putain ! s'esclaffe-t-il. T'es veinard, toi !

Pour couper court à cette conversation qui me gêne un peu, je lui demande s'il sait dans quelle salle nous allons maintenant. Il me répond qu'il ne sait pas, puis ajoute :

— On pourra se mettre encore ensemble, si tu veux ?

— Ouais, ouais, lui fais-je. Ça me fait beaucoup plaisir...

— Azouz! Vous savez comment on dit « le Maroc » en arabe? me demande tout à coup M. Loubon alors qu'il était en train d'écrire au tableau quelques phrases de style conjuguées au subjonctif.

La question ne me surprend pas. Depuis maintenant de longs mois, le prof a pris l'habitude de me faire parler en classe, de moi, de ma famille, de cette Algérie que je ne connais pas mais que je découvre de jour en jour avec lui.

A la maison, l'arabe que nous parlons ferait certainement rougir de colère un habitant de La Mecque. Savez-vous comment on dit les allumettes chez nous, par exemple? Li zalimite. C'est simple et tout le monde comprend. Et une automobile? La taumobile. Et un chiffon? Le chiffoun. Vous voyez, c'est un dialecte particulier qu'on peut assimiler aisément lorsque l'oreille est suffisamment entraînée. Le Maroc? Mes parents ont toujours dit el-Marroc, en accentuant le *o*. Alors je réponds à M. Loubon :

— Le Maroc, m'sieur, ça se dit el-Marroc !

D'abord, il paraît un peu stupéfait, puis il poursuit :

— On ne dit pas el-Maghreb?

— Ah non, m'sieur. Mon père et ma mère, ils disent jamais ce mot. Pour appeler un Marocain, ils disent Marrocci.

M. Loubon reprend, amusé :

— En arabe littéraire, on dit el-Maghreb et ça s'écrit comme ça.

Il dessine quelques lettres arabes au tableau sous les regards ébahis des élèves. Je précise pendant qu'il écrit :

— J'ai déjà entendu mes parents prononcer ce mot.

Il me dit :

— Vous ne savez pas qu'en arabe on appelle le Maroc le « pays du soleil couchant » ?

— Non, m'sieur.

Puis il reprit son cours pendant quelques minutes avant de s'adresser à nouveau à moi :

— Vous savez ce que cela veut dire ? me relance-t-il en dessinant des hiéroglyphes.

J'ai dit non. Que je ne savais pas lire ni écrire l'arabe.

— Ça c'est alif, un *a*. Ça, c'est un *l* et ça c'est un autre *a,* explique-t-il. Alors, qu'est-ce que ça veut dire ?

J'hésite un instant avant de réagir :

— Ala ! dis-je mais sans saisir la signification de ce mot.

— Pas Ala, dit M. Loubon. Allah ! Vous savez qui c'est Allah ?...

Je souris légèrement de son accent berbère :

— Oui, m'sieur. Bien sûr. Allah, c'est le Dieu des musulmans !

— Eh bien voilà comment on écrit son nom. Vous voyez, je parle arabe presque aussi bien que vous.

Modeste, le prof. Il est en train de m'expliquer mes origines, de me prouver ma nullité sur la culture arabe et il ose dire qu'il parle arabe presque aussi bien que moi !

Autour de moi, les élèves chuchotent, délaissés.

Un soir, après la classe, M. Loubon m'a dit de rester un instant avec lui, alors j'ai attendu que tous les élèves sortent, un peu embarrassé de faire l'objet de tant d'attention de la part du professeur principal. Il s'est approché de moi, m'a tendu un livre :

— Vous connaissez ce livre de Jules Roy ?

J'ai saisi l'ouvrage pour lire le titre : *les Chevaux du soleil.*

— Non, m'sieur, je ne le connais pas. (A vrai dire, je n'ai jamais entendu parler de Jules Roy.) Mais je connais Jules Renard !

— Vous ne connaissez pas Jules Roy ?

— Non, m'sieur.

— Alors prenez vite ce livre. Je vous le donne. Jules Roy est un Algérien comme nous, un très grand écrivain de l'Algérie.

— Il est mort, m'sieur ?

— Oh non, pas encore. Il vit en France maintenant.

Je tourne et retourne le livre dans tous les sens,

en attendant que M. Loubon mette fin à cet entretien particulier. Il fixe la page de couverture, les yeux rêveurs. Il doit être dans son Algérie natale, maintenant. Puis il reprend la conversation, sans me regarder, la voix triste, un tantinet :

— J'étais instituteur à Tlemcen. Ah ! Merveilleuse ville, Tlemcen. Dans ma classe, je n'avais qu'un seul Arabe. Il s'appelait Nasser. Nasser Bovabi. Je m'en souviens très bien. Il n'y a pas si longtemps que ça. C'était un brillant élève... Et vous ? Qu'est-ce que vous voulez faire plus tard ?

— Je veux être président de la République algérienne, m'sieur ! dis-je, plein d'assurance.

— C'est bien. C'est bien. Il faut continuer comme ça, fait-il en hochant la tête. Allez. Il se fait tard. Nous sortons ? conclut-il après quelques instants de silence.

— Oui, m'sieur.

Nous quittons la salle et marchons dans les couloirs vides du lycée jusqu'au portail principal où quelques élèves s'attardent en attendant le car de ramassage. On nous regarde de toutes parts. Avant de nous séparer, il me dit :

— Vous pouvez garder *les Chevaux du soleil*. Il est long à lire. Nous en reparlerons une autre fois. Au revoir.

J'ai dit au revoir et je suis descendu jusqu'à la rue Terme. J'étais tellement ravi de cette intimité avec M. Loubon qu'en rentrant à la maison j'ai confié à mon père que mon professeur pied-noir m'avait donné un livre qui parlait de l'Algérie. Il a dit :

— C'est un bon broufissour, ça !

Puis je lui ai appris qu'il savait écrire l'arabe et qu'il avait même écrit Allah au tableau, devant toute la classe. Alors là, mon père, qui adore Allah, s'est extasié :

— Allah Akbar ! Le Tout-Puissant gagne le cœur de tout le monde.

Et il a ajouté :

— Demain, tu lui diras qu'il vienne manger un couscous à la maison.

— Non, Abboué, lui ai-je répondu. Ça ne se fait pas avec les professeurs.

Il a paru surpris, puis a répliqué :

—. Pourquoi ça ne se fait pas ? Il n'y a pas de mal. J'achèterai pour lui une bouteille difaine (bouteille de vin). Les Français aiment bien le difaine d'Algérie, non ?

— Ah, non. J'ai honte, moi. Après, tous les élèves vont se moquer de moi à l'école, ai-je insisté vigoureusement.

Et Bouzid de conclure naïvement :

— Alors, tiens, des sous. Achète-lui une bouteille et apporte-lui.

J'ai dit non catégoriquement. Il n'a plus eu d'idées. Il y a beaucoup de choses comme ça au sujet desquelles il vaut mieux ne pas discuter trop longtemps avec Bouzid.

— M'sieur, m'sieur ! Un héritage, ça se partage chez le notaire. Quand on meurt, on fait un testament et on dit à qui on donne nos richesses.

— C'est bien, félicite M. Loubon.

Puis, en regardant un autre élève qui lève le doigt :

— Vous n'êtes pas d'accord ?

— Si, m'sieur, mais je voulais dire que, quand le mort n'a pas laissé de testament, eh ben c'est la loi qui partage entre tous les héritiers...

M. Loubon félicite à nouveau. Ce matin, il a lancé un débat sur l'héritage. Je n'ai pas encore pris la parole, parce que je ne comprends rien à ce que les élèves racontent. Chez nous, tout est à tout le monde. Quand quelqu'un meurt, ceux qui restent ne se partagent pas le butin. Il appartient à la famille, un point c'est tout. Pour ne pas rester en marge du débat, je lève le doigt :

— M'sieur, un héritage, ça ne se partage pas. Dans la famille, c'est le frère aîné qui est responsable de tout, quand quelqu'un meurt.

Les protestations fusent dans la classe. Des élèves s'esclaffent. Je poursuis en élevant la voix :

— Vous pouvez rire. Chez moi, c'est comme ça.

Mon père, il a une petite maison avec un jardin, eh ben, elle est à nous tous, aux enfants. On partagera jamais des choses comme ça !

Dans le fond de la classe, une voix s'élève, vexante :

— C'est chez les sauvages qu'on fait ça !

L'idée provoque l'hilarité générale. D'autres élèves lancent leur doigt au ciel pour intervenir. M. Loubon reste de marbre, muet. Il fixe celui qui a parlé de sauvages. Un silence lourd s'installe dans la classe, tandis que les doigts se baissent. Le prof fait grise mine. Puis, au bout d'un instant :

— Vous allez faire des excuses à votre camarade, dit-il calmement.

Toute la classe se tourne dans la direction du coupable. Il incline la tête vers ses chaussures et extirpe de sa bouche un timide « Je m'excuse », sans doute aussi surpris que moi par la réaction de M. Loubon.

— Maintenant, prenez tous une feuille double. Vous allez copier pendant le reste du cours, poursuit énergiquement le prof sans autre explication.

Le débat est terminé. Un peu à cause de moi. Pendant la dictée, je n'ai osé regarder personne. Que doivent-ils penser de moi, maintenant ? Que je suis un fayot. A l'école Léo-Lagrange, les Arabes de la classe me traitaient de faux frère, parce que je n'étais pas dernier avec eux. Et ici, les

Français ne vont pas tarder à jaser sur mon compte, parce que Loubon et moi nous avons l'Algérie en commun. Mais je ne les crains pas. J'ai un peu honte, c'est tout.

Cette humiliation, je ne peux pas l'oublier. Lorsque Mme Valard avait rendu la dissertation que nous avions fait une semaine avant, à la maison, elle s'était arrêtée devant moi, m'avait fixé dans les yeux avec un rictus au coin des lèvres, pour me cracher :

— Vous n'êtes qu'un fumiste. Vous avez très mal copié Maupassant.

J'avais d'abord rougi, consterné par cette accusation, puis j'avais tenté de me défendre, tandis qu'autour de moi on pouffait de rire.

— M'dame, j'ai pas copié Maupassant. Je ne savais pas qu'il avait écrit cette histoire. C'est le maître de mon ancienne école qui m'a raconté cette histoire, avais-je tenté naïvement de réagir.

Et elle, trop heureuse d'avoir reconnu Guy de Maupassant, même plagié, m'avait couvert de honte devant toute la classe en me criant :

— Et en plus, vous mentez ! Je vous avais mis un sur vingt pour le papier et l'encre, mais je vous mets zéro. C'est ce que vous méritez.

C'était pourtant M. Grand qui avait raconté la

mésaventure survenue à un pauvre vieil homme, dans un village, il y avait de cela quelques dizaines d'années. Le bougre avait une manie, celle de ramasser tous les petits bouts de n'importe quoi qui traînaient par terre, dans l'espoir d'en avoir tôt ou tard l'usage. Un matin, au beau milieu de la grand-place du village, il s'était baissé pour glaner un morceau de ficelle par terre, peut-être pour en faire un lacet. Furtivement, il l'avait glissé dans sa poche, mais à cet instant précis, assis devant sa boutique, le boucher l'avait minutieusement observé. Le lendemain, une grave nouvelle secouait le village : le clerc, en revenant du bourg voisin, avait perdu son portefeuille et on disait que c'était probablement sur la grand-place. Le boucher avait tout vu et tout compris. A cause de la ficelle, le vieillard avait été conduit en prison.

En fait, la même méprise qui s'était abattue sur le vieux m'avait frappé par la main de Mme Valard. Je n'avais rien volé à M. Maupassant, mais j'avais été condamné sur des soupçons. Depuis ce jour, tous les élèves, sauf Babar, m'avaient considéré comme un petit malin, pour ne pas dire un malhonnête, et, à chaque rédaction que nous avions à faire à la maison, j'évitais à grandes enjambées le piège de l'originalité. J'écrivais deux pages sur la mer, la montagne, les feuilles d'automne qui tourbillonnent, le manteau de neige de l'hiver, mais Mme Valard n'appréciait toujours pas et, dans la marge de mes copies, elle inscrivait en rouge : « Inintéressant ! Manque d'originalité ! Trop vague ! »

Au lycée Saint-Exupéry, j'étais le chouchou de Loubon, mais mes notes de rédaction frôlaient souvent la moyenne. Les Français écrivaient mieux que moi. M. Loubon avait un peu de regret. Il devait me croire incapable d'avoir des idées originales parce que mes parents étaient analphabètes. J'en ressentais une certaine amertume.

Les étudiants de tous les lycées et les chauffeurs de bus faisaient grève depuis plusieurs semaines déjà. A Saint-Ex, les cours étaient complètement désorganisés et les grandes vacances promettaient d'être longues. Un lundi matin, je me suis rendu au lycée à pied pour prendre des nouvelles de la classe. Quelques remords envers M. Loubon me tracassaient, mais, heureusement, beaucoup d'élèves ne venaient plus en cours depuis longtemps. Ce matin, n'ayant prévu aucun programme, le prof proposa un sujet libre de rédaction à traiter à la maison et nous renvoya à la rue. Allah avait guidé mes pas, car j'attendais cette chance depuis de longs mois, et un pied-noir me l'offrait sur un plateau. Le racisme. C'est du racisme qu'il fallait que je parle dans ma rédaction.

Pendant plusieurs jours, je construisis mon roman. Il était une fois un enfant arabe. Lui et sa famille venaient juste d'arriver à Lyon. L'enfant ne s'était pas encore fait le moindre ami dans le quartier et, le jour de la rentrée scolaire, il s'était retrouvé tout seul au milieu de dizaines de garçons et de filles qui se connaissaient tous, qui riaient et plaisantaient ensemble. Lorsque la sonnerie avait retenti, l'enfant avait regardé les écoliers entrer dans la cour et, après avoir hésité un instant, avait décidé de retourner à la maison, auprès de sa mère.

Je fis lire l'œuvre à Zohra. Elle corrigea les fautes de grammaire et se moqua gentiment de moi parce que la copie avait l'allure d'un cri de désespoir que j'avais un peu exagéré.

Les derniers jours de juin défilaient à grande vitesse. Les grèves paralysaient toujours les bus, alors je préférais les balades à vélo avec les gones de la rue de la Vieille, plutôt que de perdre mon temps au lycée. Pourtant, un mardi, mon père m'a envoyé à l'école pour retirer un certificat de scolarité. Devant l'entrée, au milieu d'un groupe d'élèves qui discutaient paisiblement, je reconnus mon copain immigré parisien. Dès qu'il m'aperçut, il courut dans ma direction, le visage illuminé, puis, en me tendant la main pour me saluer, il dit :

— T'étais pas là, hier ?

— Non. Pourquoi ? Il y avait beaucoup d'élèves ?

J'eus peur un instant d'avoir été le seul absent, mais il me rassura :

— Non. On était neuf seulement. Mais le prof principal a rendu les rédacs...

Son visage se fit de plus en plus mystérieux et un sourire se dessina sur ses lèvres.

— Et alors ? dis-je.

— Eh ben, t'as eu dix-sept sur vingt. La meilleure note de la classe. Le prof nous a même lu ta rédaction. Il a dit qu'il la garderait comme exemple...

J'ai posé mon vélo par terre et demandé plus de détails. L'émotion me paralysait à présent. J'avais envie de grimper aux arbres, de faire des sauts périlleux, de briser mon routier en guise de sacrifice.

— Qu'est-ce qu'il a dit encore ?

— Rien d'autre. Il regrettait que tu ne sois pas là.

— Et où il est maintenant ?

Je fis quelques pas en direction de la cour.

— Il n'est pas là. Il n'y a personne dans le lycée. Je crois que, maintenant, l'école est finie.

Par Allah ! Allah Akbar ! Je me sentais fier de mes doigts. J'étais enfin intelligent. La meilleure note de toute la classe, à moi, Azouz Begag, le seul Arabe de la classe. Devant tous les Français ! J'étais ivre de fierté. J'allais dire à mon père que j'étais plus fort que tous les Français de la classe. Il allait jubiler.

Mais pourquoi le prof avait-il osé lire mon devoir à tous les autres ? C'était uniquement pour lui que je l'avais écrit. J'ai eu un sentiment pour tous ceux qui n'avaient sans doute pas manqué de nous enfouir tous les deux dans le panier à bicots. Peu importait. Je me sentais fort comme un buffle.

Le soir, lorsque je suis rentré à la maison, j'ai appris à mon père que le prof pied-noir m'avait donné la meilleure note de la classe, devant tous les Français. Il m'a dit :

— Dis-lui que je l'invite à manger un couscous. Avec du vin, si il veut.

— Non, Abboué, lui ai-je encore rétorqué.

— Alors, prends des sous. Va acheter pour lui une bouteille de vin, a-t-il encore insisté.

J'ai dit :

— Non, Abboué. De toute façon, l'école est finie.

Dans ses yeux, une étrange lueur a scintillé, puis il m'a dit de sa voix la plus mystique :

— Viens. Viens là !

Je me suis avancé vers lui :

— Ouaiche, Abboué ?

— Approche ici, je vais te dire quelque chose.

Je me suis présenté à sa portée.

— Assieds-toi !

Je me suis exécuté. Il a parlé alors à voix basse comme s'il allait me confier quelques secrets prophétiques :

— Tu vois, mon fils...

— Non, Abboué.

— Laisse-moi parler, dit-il. Je vais te dire une chose sérieuse...

— Vas-y, Abboué.

— Tu vois, mon fils... Dieu est au-dessus de tout. Allah guide notre mektoub à nous tous, à moi, à toi, à ton broufissour binoir...

J'ai souri légèrement.

— Faut pas rire de ça, mon fils.

— Je ris pas, Abboué!

— Tu crois que c'est par hasard si toi, un Arabe, tu es plus fort que tous les Français de l'école? Et ton broufissour! Qui c'est qui lui a appris à écrire Allah dans notre langue?

— Il a appris tout seul, Abboué!

Alors là, Bouzid a pris son air le plus grave pour conclure :

— Non, mon fils. Allah. C'est Allah qui nous mène. Personne d'autre.

Puis il a suggéré :

— Tu devrais aller à l'école coranique les samedis matin...

Alors là, je me suis rebellé :

— Ah non, Abboué, j'ai déjà assez de travail à l'école...

— Bon, bon. Comme tu veux, mon fils. C'est toi qui décides.

Puis Emma nous a appelés pour manger dans la

cuisine. J'ai pris mon assiette dans les mains et je me suis dirigé vers le canapé.

— Où tu vas ? a demandé Bouzid.

— Je vais manger en regardant la télévision, ai-je répondu, sûr de moi.

Bouzid a tenté de protester, mais j'ai aussitôt coupé court à son intervention.

— C'est Allah qui guide ma main...

En regardant Emma, mon père a dit :

— C'est un vrai diable, cet enfant !

Puis il a éclaté de rire.

Quelques jours après, j'ai reçu dans la boîte aux lettres mon bulletin scolaire. M. Loubon se félicitait de mon travail. Un petit mot supplémentaire précisait qu'une réunion d'information était prévue avec les parents d'élèves et les professeurs, le samedi suivant. Cette fois, Bouzid, Emma et Zohra y sont allés. Ma sœur, pour servir de traductrice. Malgré mes supplications, mon père a emporté deux bouteilles de sidi-brahim dans un sac pour remercier celui qui savait écrire Allah en arabe.

Je n'ai pas voulu assister à cette réunion. Je suis resté à la maison, devant la télévision, à les attendre. Et dès qu'ils sont revenus, Zohra, admirative, a parlé la première :

— Dès que nous sommes entrés dans la salle, il nous a demandé : « Vous êtes les parents d'Azouz ? » et il a laissé tomber tout le monde pour venir parler avec nous...

J'ai souri. Bouzid a poursuivi :

— Il a demandé pourquoi t'étais pas venu. Et puis, il a été très content pour les bouteilles de sidi-brahim...

— Je crois qu'il a eu un peu honte, a fait remarquer Emma, avant de préciser : Les autres parents nous regardaient d'un mauvais œil.

Mon bonheur n'en était que plus grand.

Depuis les louanges de M. Loubon et mon admission facile en classe de cinquième au lycée Saint-Exupéry, on me considère comme un savant à la maison.

L'école est finie. Les jours de vacances passent et ne se ressemblent pas. Je peux regarder la télévision comme bon me semble, Bouzid se soumet à mes désirs.

Mon père est fatigué. Je suis le seul à pouvoir encore le faire rire de temps en temps, lorsque je m'oppose à ses ordres. A chaque occasion, je ne manque jamais de lui rappeler ce qu'il nous a toujours dit :

— Travaillez à l'école, je travaille à l'usine.

Alors, comme on me félicite pour mon travail scolaire, je m'octroie une liberté quasi complète à la maison. Pris à son propre piège, il ne peut que se soumettre et sourire. Il est fier. Ses enfants ne seront pas manœuvres comme lui. Un jour, ils porteront la blouse blanche de médecin ou d'ingénieur et retourneront à Sétif. Riches. Ils bâtiront une maison. Et tant pis si, tous les jours, il doit travailler dix heures pour payer le loyer, l'électricité, l'eau.

Parfois, il me semble qu'il s'habitue à sa nouvelle vie, qu'il pense de moins en moins au Chaâba. Mais, le lendemain, il injurie Emma, la maudit d'avoir voulu déménager et s'enfuit trois ou quatre jours dans son ancienne maison, nous abandonnant sans le sou.

Bouzid est devenu imprévisible.

Cet après-midi, juste après la « Séquence du jeune spectateur », j'ai fait une sieste. J'ai essayé de lire *les Chevaux du soleil* de Jules Roy, mais, au bout de la seconde page, j'ai succombé à la fatigue et à la chaleur de juillet.

— Il est 3 heures, me crie Emma. Qu'est-ce que tu as ? Tu es malade ?

Dans le brouillard, je lui réponds que mon état de santé est parfait.

— Pourquoi tu restes enfermé comme ça ? me dit-elle. Tu devrais aller jouer dehors avec les copains.

On frappe à la porte à cet instant. A chaque fois qu'elle sent une présence devant sa porte, Emma s'inquiète, comme si elle attendait toujours une mauvaise nouvelle. Alors elle murmure entre ses dents :

— Bonheur ! Bonheur ! Loin le malheur ! Loin le malheur !

Avant d'aller ouvrir, elle inspecte l'appartement, rajuste un rideau, ramasse une serviette qui traîne sur le canapé, range une paire de chaussures. Elle demande, d'abord en français, puis en arabe :

— Qui ci ? Chkoun ?

Puis, en s'adressant à moi :

— Viens, c'est tes copains qui viennent te chercher.

— Fais-les entrer, Emma !

Ali Saadi embrasse ma mère. Kamel l'imite. Babar lui tend la main.

— On va rue de la Vieille, me dit Ali. T'as rien à faire ?

Je réponds que non.

Emma nous distribue à chacun un morceau de galette de semoule, et nous descendons. Dans l'escalier, j'interroge Kamel :

— Où on va ?

Ali s'empresse de me répondre :

— On a rencart avec des femmes sur la place Sathonay. Elles sont quatre.

Kamel se frotte les mains, plisse encore un peu plus ses yeux de Chinois, ouvre sa grande bouche carrelée en jaune et s'esclaffe, excité :

— On va leur passer des pognes.

Ali de renchérir :

— Moi, cette fois, la grande, je vais me la faire dans une traboule. La dernière fois, je lui ai mis les mains, elle a rien dit.

Babar, plus réservé que ses collègues gonflés à l'harissa et au piment de Tunisie, ne pipe pas mot mais s'amuse de leurs expressions.

Ali poursuit :

— Kamel a la barre avec la plus moche. Toi et Babar, vous prendrez les deux autres.

Le pogneur se trouve un argument :

— Eh ben, j'm'en fous qu'elle est boudin. Je vais lui passer des pognes.

La salive dégoulinant de sa langue, il continue à s'exciter dans l'escalier.

Des images agréables commencent à défiler dans ma tête. J'ai hâte d'arriver sur la place, tout comme Babar, mais ne le montre pas.

Martine, la propriété d'Ali, est seule, assise sur le socle de la statue du sergent Blandan. Nous avançons vers elle. Ali l'interroge :

— Et tes copines ?

— Elles sont allées à la piscine. Je suis venue toute seule, répond la belle.

Kamel blêmit. Babar sourit. Ni l'un ni l'autre ne font de commentaires. Dans ma tête, un château s'écroule. Gêné par cette situation délicate, Ali intervient. Il s'adresse à Martine :

— Bon, ben, nous on va aller faire un tour. Tu viens ?

La divine créature bronzée à point se redresse, consentante, nous gratifie d'un sourire de rêve et prend la main d'Ali.

— A tout à l'heure ! lance l'heureux.

Les deux amoureux s'enfoncent dans les ruelles du quartier, en direction des traboules. Kamel a du mal à garder son calme. Il jure contre toutes les femmes de la terre, excepté nos mères et nos sœurs. Nous sommes restés plantés sur la place Sathonay pendant deux heures, à attendre le retour d'Ali. Nous avons passé des pognes à toutes les filles qui traversaient le périmètre de la place, soulevé une dizaine de jupes, vu les couleurs des culottes. Kamel courait derrière les femelles, déchaîné, comme on court après des poules dans une basse-cour, la main droite tendue devant lui. A chaque fois qu'il touchait une cible, il se retournait vers Babar et moi et criait, telle une bête :

— Regardez, regardez !

Et il riait. Et nous riions. J'aurais bien aimé toucher des filles, moi aussi. Mais j'avais très honte. Kamel, lui, ne craignait pas de prendre des gifles, de s'entendre dire : « Sale Arabe, retourne dans ton pays. » Il riait. Et quand une fille se rebellait, il lui disait : « Tu le veux ? Tu le veux ? » en portant la main entre ses cuisses.

Ali est enfin revenu, seul. Martine a préféré emprunter un autre chemin pour rentrer chez elle.

— Alors, t'as touché ? dit Kamel.

En guise de réponse qui voulait tout dire, il a souri. Puis, au bout d'un instant de méditation, il a ajouté :

— Vous savez pas où elle est, la chatte d'une femme ? Elle est pas là, comme nous, elle est au milieu des jambes, dit-il en indiquant le chemin avec son doigt.

La stupéfaction est générale.

— T'es sûr ? demande Kamel. Moi j'ai vu des filles, eh ben, la chatte elle est devant, pas au milieu des jambes, mais elles étaient petites.

Babar a tout compris :

— Ouais, mais quand elles deviennent grandes, la chatte doit glisser de là jusque-là.

Il montre avec son doigt.

— Tais-toi ! Tais-toi ! interrompt Ali. Les trois copines arrivent !

De retour de la piscine, elles nous saluent d'un

petit air narquois qui me fait perdre tous mes moyens. Seul Ali, sûr de lui, alimente la discussion, prépare un nouveau plan. L'ardeur de Kamel s'éteint. Nous nous asseyons sur un banc pour converser. Soudain, Babar se retourne vers moi et murmure :

— Ton père ! Là-bas. Regarde. Il vient par là.

A ces mots, une violente déflagration secoue mon intérieur. Rue Sergent-Blandan, j'aperçois mon père, l'air très agité, qui s'avance vers moi. Pendant quelques secondes, je n'arrive plus à penser. S'il me voit avec des filles, je n'oserai plus jamais le regarder dans les yeux. Aussitôt je m'excuse auprès de l'assemblée, prétexte une affaire urgente pour ne point paraître ridicule aux yeux des filles. Le dos courbé au maximum, je me défile à toutes jambes du côté de la rue de la Vieille. Bouzid a dû me voir. Je n'en suis pas sûr. La réponse ne tarde pas. A peine ai-je parcouru quelques mètres qu'une voix terrible recouvre la place Sathonay. Les pigeons s'enfuient toutes ailes dehors.

— Razzzouz ! s'écrie le vieux.

Je feins de ne rien entendre. Il m'avertit :

— Razzzouz ! Je t'ai vu.

Sur la place, tous les badauds se sont tournés vers lui puis vers moi. Après ça, fini les filles pour moi. Je me dirige vers lui, piégé comme un lapin. En arabe, il hurle :

— Pourquoi tu te sauves quand je t'appelle ?

— Je ne me sauvais pas. J'allais acheter une bouteille de limonade au magasin.

— Tu te moques de moi ?

Je ne réponds pas par crainte d'envenimer la situation.

Il poursuit :

— Où est ton frère ?

— Je ne sais pas.

— Bon, toi, rentre à la maison. Je vais chercher ce hallouf.

— Pourquoi, Abboué ?

— Rentre, je te dis. C'est pas ton affaire.

Et il s'en va errer dans le quartier. Il a dû se passer quelque chose de grave pour qu'il se mette dans cet état. J'ai soudainement peur. Je cours chez nous. Zohra m'ouvre la porte. Elle fait grise mine, et me dit :

— T'as vu le papa ?

Je dis oui. Elle poursuit :

— Et Staf ? Où est-il ?

— J'en sais rien, moi. Il m'a déjà demandé, le papa.

Dans la cuisine, Emma pleure, la figure assombrie par le désespoir.

— Qu'est-ce qu'il y a, Emma ? lui dis-je.

Elle continue de pleurer dans ses mains, sans ouvrir la bouche. Je me tourne vers Zohra :

— Qu'est-ce qui s'est passé ?

235

— On a reçu une lettre recommandée de la régie qui nous loue l'appartement.

— Et alors ?

— Il faut qu'on déménage d'ici, conclut-elle, abattue.

Ma gorge se serre. Soudain, dans ma tête, tout s'écroule. Un tremblement de terre qui engloutit Babar, Ali et Kamel, la rue de la Vieille, le Chaâba, le lycée Saint-Exupéry, M. Loubon. Je ne parviens plus à penser à une chose précise. J'ai mal à la tête. Je n'ai plus de force dans les jambes.

— Où est la lettre, Zohra ?

— Là, sur la table. Touche-la pas, autrement ça va l'énerver encore plus.

Bouzid revient au bout de quelques minutes, vociférant comme un forcené. Il entre dans la cuisine, hésite un instant, se dirige droit sur la lettre, la prend dans ses mains, l'observe longuement, maudit son fils qu'il n'a pas trouvé :

— Fils de chien ! Jamais là quand il faut. Mais, cette fois, il va comprendre comme...

Puis il se tourne vers moi et lance :

— Viens là, toi ! Viens me lire encore ça. Fais-moi comprendre ce qu'ils disent dedans.

— Abboué, il va rien ajouter de plus que moi, dit Zohra.

Le vieux enrage :

— Toi, je t'ai dit de ne plus parler. D'abord,

je vais te marier, comme ça tu me débarrasseras le plancher.

Ma sœur s'éclipse, offusquée de susciter tant d'amour paternel.

Je lis la lettre. Elle dit que l'appartement que nous habitons va changer de propriétaire et que celui-là veut vendre. On nous propose donc d'acheter l'appartement… ou bien de trouver un autre logement. Je traduis en arabe. Bouzid a les yeux écarquillés. Dans sa tête aussi, on devine un remue-ménage impressionnant. Il se tourne vers ma mère. Elle pleure encore. Elle pleure à cause de lui, mais aussi à cause de la lettre. Soudain, il ouvre la bouche comme s'il allait cracher son chemma par terre et se met à hurler :

— C'est bien fait. C'est bien fait pour vous. Vous avez voulu partir du Chaâba… eh bien voilà le résultat. Où va-t-on aller, maintenant ? Au diable ! Vous méritez d'aller au diable. Tous.

Et il reprend la lettre dans la main.

— Je vais partir tout seul, dit-il encore. Ça vous fera une leçon.

Puis, en pensant à la régie :

— Et ces voleurs ? !… D'abord, ils n'ont pas le droit de me faire sortir de là. Je paie le loyer, litriziti, la sarge (les charges). Je paie tout. Pourquoi ils veulent me faire sortir ? Je vais aller les voir demain.

Il est allé voir le régisseur, après le travail, puis il est rentré à la maison, résigné. Il s'est adressé à Staf, comme une bête terrassée :

— Tu vas lire le journal tous les jours pour voir s'il y a des appartements à louer dans le quartier.

— Tu es allé à la régie tout seul ? demanda Staf, naïvement.

— Et tu crois que j'ai besoin de vous pour parler avec les Français ? Et comment je faisais avant que je vous fasse venir d'El-Ouricia ? Tu crois que je ne parlais pas ? C'est pas toi qui m'as trouvé du travail, non ?

— Qu'est-ce qu'il t'a dit, le régisseur ? poursuivit Staf.

Le vieux se calma.

— Il voulait nous donner un logement tout de suite dans la ZIP (la ZUP). J'ai dit non. Pas où c'est trop loin de mon travail.

— Jusqu'à quand on peut rester là, alors ? demanda Zohra.

— Ils m'ont dit qu'ils allaient voir pour d'autres loug'mas (logements). Il faut attendre.

Je suggérai :

— Et si on ne veut pas partir de là, qu'est-ce qu'ils vont nous faire ?

— Ils nous xspilsent dehors. Ils jettent toutes nos affaires dehors. Le rigissoure m'a averti.

238

Le régisseur a dû brandir la menace de l'expulsion à mon père pour qu'il soit devenu soudain si tempéré avec nous. Il doit être terrorisé. Prêt à accepter la première solution qui se présente. Le Chaâba peut-être...

Le lendemain même, le régisseur a frappé à notre porte. Malgré le malheur dont il nous accablait, Bouzid l'a invité à entrer chez nous, lui a offert un café, a parlé de choses et d'autres, pensant que l'homme allait annoncer une heureuse nouvelle. Imperturbable, le régisseur a fini son café et dit ce qu'il avait à dire :

— Monsieur Begag, vous savez que le délai est passé. Maintenant, on vous a trouvé un appartement à la Duchère, dans un F4, plus grand qu'ici, plus ensoleillé, et en plus pas loin d'ici. Un quart d'heure à peine. Alors ? Qu'est-ce que vous décidez ?

Bouzid avait les deux avant-bras posés sur la table. Il faisait mine de réfléchir, mais je savais déjà qu'il allait accepter. Il ne pouvait pas refuser cette ultime proposition. D'ailleurs, le régisseur a fait le forcing :

— C'est la dernière offre que je vous fais. Après, c'est les meubles dans la rue. Vous êtes prévenu. L'expulsion. Vous savez ?

Mon père a chancelé sur sa chaise :

— A la Dichire, y en a li magasas, l'icoule bour li zafas ? questionna-t-il.

— Y en a tout ce que vous voulez ! dit le régisseur en gardant un air fermé.

— J'y va y aller bour la fisite.

— Quand vous voulez, dit le régisseur, satisfait.

Il se leva de sa chaise en souriant, tendit la main à mon père avant de lâcher :

— Heureusement que vous êtes un homme intelligent, sinon cette histoire se serait mal terminée.

Bouzid se leva à son tour, les yeux hagards, pleins de vide et d'effroi. En tendant sa main, il tenta un sourire de bonne éducation et dit :

— Merci !

— Y a pas de quoi, répondit l'homme. Alors, quand c'est que vous repartez dans votre pays ?

— Hou là là ! fit mon père en levant les bras au ciel. Ci Allah qui dicide ça. Bi titre, j'va bartir l'anni brouchaine, bi titre li mois brouchain.

Guide de la phraséologie
bouzidienne

La langue arabe comporte des consonnes et des voyelles qui n'ont pas toujours de correspondance dans la langue française. Elle n'a, par exemple, pas de lettre P ou V, pas plus que de son ON, IN, AN ou bien U.

Lorsque vous maîtrisez cette règle, vous pouvez traduire et comprendre sans difficulté la phraséologie bouzidienne.

EXEMPLES DE TRADUCTION

« *Tan a rizou, Louisa, li bitaines zi ba bou bour li zafas !* »
« Tu as raison, Louise, les putains c'est pas bon pour les enfants ! »

« *Zaloupard di Gran Bazar ! Zalouprix di Mounouprix !* »
« Salopard du Grand Bazar ! Saloperie du Monoprix ! » (Formule très étrange couramment utilisée au Chaâba il y a quelques années de cela.)

Exemples de mots

La boulicia (la police), *la tilifiziou* (la télévision), *le saboune d'Marsaille* (le savon de Marseille), *la bart'mâ* (l'appartement), *li zbour* (le sport), *l'alcoufe* (l'alcôve).

Attention aux faux amis : le *filou*, c'est un vélo !

Petit dictionnaire
des mots bouzidiens
(parler des natifs de Sétif)

ABBOUÉ Papa.

AÏD Fête musulmane célébrant la fin du Ramadan et à l'occasion de laquelle des millions de moutons de toutes les nationalités laissent leur peau...

ARTAILLE Très gros mot !

BENDIR Sorte de tambour oriental.

BINOUAR Robe algérienne.

BITELMA Toilettes, sanitaires.

CHEMMA Tabac à priser.

CHKOUN Qui est-ce ?

CHORBA Soupe populaire algérienne.

CHRITTE Gant de crin.

DJNOUN (pluriel de DJEN) Démons, mauvais esprits.

EMMA Maman.

GAOURI, GAOURIA Français, Française.

GHARBI Bienvenue (pour une femme).

GOURBI Habitat délabré.

GUITTOUN Tente.

HALLOUF Cochon.

HENNA Henné.

KAISSA Gant de toilette.

LABAISSE ? Ça va ?

MEKTOUB Destin, ce qui est écrit.

MRABTA Femme marabout.

OUAICHE ? Quoi ?

RACHEMA Honte.

RHAÏN Œil, mauvais œil, scoumoune.

ROUMI Français.

SALAM OUA RLIKOUM Bonjour à vous.

TAHAR Circonciseur de zénanas.

ZÉNANA Quiquette.

Petit dictionnaire
des mots azouziens
(parler des natifs de Lyon)

BARAQUE *n. f.* Composante élémentaire d'un bidon-ville, résidence principale d'un immigré algérien des années 60.

BÔCHE *n. f.* Pierre, caillou.

BRAQUE *n. m.* Vélo.

GONE *n. m.* Gamin de Lyon.

PÂTI *n. m.* Chiffonnier, clochard. Les chiffons et cartons usagés ramassés par les pâtis sont destinés au recyclage en pâte à papier, d'où le mot.

RADÉE DE PIERRES *n. f.* Pluie de pierres.

TRABOULE *n. f.* (du latin *transambulare*) Allée qui traverse de part en part un pâté de maisons. Cette conception architecturale permettait aux canuts de la Croix-Rousse de descendre leurs tissus jusqu'au bas de la colline en passant par le chemin le plus court. Comme on dit « couper à travers champs » à la campagne, on dit « passer par les traboules » à Lyon.

VOGUE *n. f.* Fête foraine, à Lyon.

Du même auteur

La Force du berger
La Joie de lire, Genève, 1991

Jordi ou le Rayon perdu
La Joie de lire, Genève, 1992

Le Temps des villages
illustré par Catherine Louis
La Joie de lire, Genève, 1993

Les Lumières de Lyon
en collab. avec
Cl. Burgelin et A. Decourtray
Éd. du Pélican, 1993

IMPRIMERIE B.C.A. À SAINT-AMAND (4-94)
DÉPÔT LÉGAL : JANVIER 1986. N° 9050-5 (94/300)

Collection Points

SÉRIE POINT-VIRGULE

V1. Manuel de savoir-vivre à l'usage des rustres
     et des malpolis, *par Pierre Desproges*
V2. Petit Fictionnaire illustré, *par Alain Finkielkraut*
V3. Quand j'avais cinq ans, je m'ai tué
     par Howard Buten
V4. Lettres à sa fille (1877-1902), *par Calamity Jane*
V5. Café Panique, *par Roland Topor*
V6. Le Jardin de ciment, *par Ian McEwan*
V7. L'Age-déraison, *par Daniel Rondeau*
V8. Juliette a-t-elle un grand Cui ?, *par Hélène Ray*
V9. T'es pas mort !, *par Antonio Skarmeta*
V10. Petite Fille rouge avec un couteau
     par Myrielle Marc
V11. Manuel à l'usage des enfants qui ont des parents
     difficiles, *par Jeanne Van den Brouck*
V12. Le A nouveau est arrivé
     par Pierre Ziegelmeyer et Jean-Benoît Thirion
V13. Comment faire l'enfant (17 leçons pour ne pas grandir)
     par Delia Ephron
V14. Zig-Zag, *par Alain Cahen*
V15. Plumards, de cheval, *par Groucho Marx*
V16. Bleu, je veux, *par Gisèle Bienne*
V17. Moi et les Autres, *par Albert Jacquard*
V18. Au vrai chic anatomique, *par Frédéric Pagès*
V19. Le Petit Pater illustré, *par Jacques Pater*
V20. Cherche souris pour garder chat, *par Hélène Ray*
V21. Un enfant dans la guerre, *par Saïd Ferdi*
V22. La Danse du coucou, *par Aidan Chambers*
V23. Les Mémoires d'un amant lamentable, *par Groucho Marx*
V24. Le Cœur sous le rouleau compresseur
     par Howard Buten
V25. Le Cinéma américain. Les années cinquante
     par Olivier-René Veillon
V26. Voilà un baiser, *par Anne Perry-Bouquet*
V27. Le Cycliste de San Cristobal
     par Antonio Skarmeta
V28. Tchao l'enfance, craignos l'amour, *par Delia Ephron*

V29. Mémoires capitales, *par Groucho Marx*
V30. Dieu, Shakespeare et moi, *par Woody Allen*
V31. Dictionnaire superflu à l'usage de l'élite
     et des bien nantis, *par Pierre Desproges*
V32. Je t'aime, je te tue, *par Morgan Sportes*
V33. Rock-Vinyl (Pour une discothèque du rock)
     par Jean-Marie Leduc
V34. Le Manuel du parfait petit masochiste
     par Dan Greenburg
V35. L'Oiseau Canadèche, *par Jim Dodge*
V36. Des sous et des hommes, *par Jean-Marie Albertini*
V37. De l'univers à nous, *par Robert Clarke*
V38. Pour en finir une bonne fois pour toutes
     avec la culture, *par Woody Allen*
V39. Le Gone du Chaâba, *par Azouz Begag*
V40. Le Cinéma américain. Les années trente
     par Olivier-René Veillon
V41. Mistral gagnant, chansons et dessins, *par Renaud*
V42. Les Aventures d'Adrian Mole, 15 ans
     par Sue Townsend
V43. Le Palais des claques, *par Pascal Bruckner*
V44. La Cuisine cannibale, *par Roland Topor*
V45. Le Livre d'Étoile, *par Gil Ben Aych*
V46. Les Dingues du nonsense, *par Robert Benayoun*
V47. Le Grand Cerf-Volant, *par Gilles Vigneault*
V48. Comment choisir son psychanalyste
     par Oreste Saint-Drôme
V49. Slapstick, *par Buster Keaton*
V50. Chroniques de la haine ordinaire
     par Pierre Desproges
V51. Cinq Milliards d'hommes dans un vaisseau
     par Albert Jacquard
V52. Rien à voir avec une autre histoire
     par Griselda Gambaro
V53. Comment faire son alyah en vingt leçons
     par Moshé Gaash
V54. A rebrousse-poil
     par Roland Topor et Henri Xhonneux
V55. Vive la sociale !, *par Gérard Mordillat*
V56. Ma gueule d'atmosphère, *par Alain Gillot-Pétré*
V57. Le Mystère Tex Avery, *par Robert Benayoun*

V58. Destins tordus, *par Woody Allen*
V59. Comment se débarrasser de son psychanalyste
     par Oreste Saint-Drôme
V60. Boum !, *par Charles Trenet*
V61. Catalogue des idées reçues sur la langue
     par Marina Yaguello
V62. Mémoires d'un vieux con, *par Roland Topor*
V63. Le Cinéma américain. Les années quatre-vingt
     par Olivier-René Veillon
V64. Le Temps des noyaux, *par Renaud*
V65. Une ardente patience, *par Antonio Skarmeta*
V66. A quoi pense Walter ?, *par Gérard Mordillat*
V67. Les Enfants, oui ! L'Eau ferrugineuse, non !
     par Anne Debarède
V68. Dictionnaire du français branché, *par Pierre Merle*
V69. Béni ou le paradis privé, *par Azouz Begag*
V70. Idiomatics français-anglais, *par Initial Groupe*
V71. Idiomatics français-allemand, *par Initial Groupe*
V72. Idiomatics français-espagnol, *par Initial Groupe*
V73. Abécédaire de l'ambiguïté, *par Albert Jacquard*
V74. Je suis une étoile, *par Inge Auerbacher*
V75. Le Roman de Renaud, *par Thierry Séchan*
V76. Bonjour Monsieur Lewis, *par Robert Benayoun*
V77. Monsieur Butterfly, *par Howard Buten*
V78. Des femmes qui tombent, *par Pierre Desproges*
V79. Le Blues de l'argot, *par Pierre Merle*
V80. Idiomatics français-italien, *par Initial Groupe*
V81. Idiomatics français-portugais, *par Initial Groupe*
V82. Les Folies-Belgères, *par Jean-Pierre Verheggen*
V83. Vous permettez que je vous appelle Raymond ?
     par Antoine de Caunes et Albert Algoud
V84. Histoire de lettres, *par Marina Yaguello*
V85. Tout ce que vous avez toujours voulu savoir sur le sexe
     sans jamais oser le demander, *par Woody Allen*
V86. Écarts d'identité
     par Azouz Begag et Abdellatif Chaouite
V87. Pas mal pour un lundi !
     par Antoine de Caunes et Albert Algoud
V88. Au pays des faux amis
     par Charles Szlakmann et Samuel Cranston
V89. Le Ronfleur apprivoisé, *par Oreste Saint-Drôme*

V90. Je ne vais pas bien, mais il faut que j'y aille
    par Maurice Roche
V91. Qui n'a pas vu Dieu n'a rien vu
    par Maurice Roche
V92. Dictionnaire du français parlé
    par Charles Bernet et Pierre Rézeau
V93. Mots d'Europe (Textes d'Arthur Rimbaud)
    présentés par Agnès Rosenstiehl
V94. Idiomatics français-néerlandais, *par Initial Groupe*
V95. Le monde est rond, *par Gertrude Stein*
V96. Poèmes et Chansons, *par Georges Brassens*
V97. Paroles d'esclaves, *par James Mellon*
V98. Les Poules pensives, *par Luigi Malerba*
V99. Ugly, *par Daniel Mermet*
V100. Papa et maman sont morts, *par Gilles Paris*
V101. Les écrivains sont dans leur assiette, *par Salim Jay*
V102. Que sais-je ? Rien, *par Karl Zéro*
V103. L'Ouilla, *par Claude Duneton*
V104. Le Déchiros, *par Pierre Merle*
V105. Petite Histoire de la langue, *par Pozner et Desclozeaux*
V106. Hannah et ses sœurs, *par Woody Allen*
V107. Les Marx Brothers ont la parole, *par Robert Benayoun*
V108. La Folie sans peine, *par Didier Raymond*
V109. Le Dessin d'humour, *par Michel Ragon*
V110. Le Courrier des lettres, *par Roland Topor*
V111. L'Affiche de A à Z, *par Savignac*
V112. Une enfance ordinaire, *par Claude Menuet (Massin)*
V113. Continuo, *par Massin*
V114. L'Ilet-aux-Vents, *par Azouz Begag*
V115. J'aime beaucoup ce que vous faites
    par Antoine de Caunes et Albert Algoud
V116. Œil de verre, jambe de bois, *par Albert Algoud*
V117. Bob Marley, *par Stephen Davis*
V118. Il faudra te couvrir, *par Howard Buten*
V119. Petites Drôleries et Autres Méchancetés sans importance
    par Guy Bedos
V120. Enfances vendéennes, *par Michel Ragon*
V121. Amour, toujours !, *par l'Abbé Pierre*
V122. J'espérons que je m'en sortira, *par Marcello D'Orta*
V123. Petit Dictionnaire des chiffres en toutes lettres
    par Pierre Rézeau

V124. Un monde sans prisons?, *par Albert Jacquard*
V125. Tout à fait, Jean-Michel !
       par Thierry Roland et Jean-Michel Larqué
V126. Le Pensionnaire, *par Claude Menuet (Massin)*
V127. Le Petit Livre des instruments de musique
       par Dan Franck
V128. Crac ! Boum ! Hue !, *par Béatrice Le Métayer*
V129. Bon chic chroniques, *par Caroline Loeb*
V130. L'Éducation de Bibi l'Infante, *par Agnès Rosenstiehl*
V131. Crimes et Délits, *par Woody Allen*
V132. L'argent n'a pas d'idées, seules les idées font de l'argent
       par Jacques Séguéla
V133. Le Retour de Tartarin, *par Albert Algoud*
V134. Une ambulance peut en cacher une autre,
       par Antoine de Caunes et Albert Algoud
V135. Lexique du français tabou, *par Pierre Merle*
V136. C'est déjà tout ça, *par Alain Souchon (chansons)*
V137. Allons-y, Alonzo !, *par Marie Treps*
V138. L'Argot des musiciens
       par Alain Bouchaux, Madeleine Juteau et Didier Roussin
V139. Le Roi du comique, *par Mack Sennett*
V140. La Reine et Moi, *par Sue Townsend*
V141. Dictionnaire inespéré de 55 termes visités par Jacques Lacan
       par Oreste Saint-Drôme
V142. Chroniques enfantines des années sombres
       par Ivan Favreau
V143. Sans nouvelles de Gurb, *par Eduardo Mendoza*
V144. Le Petit Livre des gros câlins, *par Kathleen Keating*
V145. Quartiers sensibles, *par Azouz Begag et Christian Delorme*

Collection Points

SÉRIE ROMAN

DERNIERS TITRES PARUS

R420. Lacenaire (un film de Francis Girod)
   par Georges Conchon
R421. Œuvres pré-posthumes, *par Robert Musil*
R422. Merlin, *par Michel Rio*
R423. Charité, *par Éric Jourdan*
R424. Le Visiteur, *par György Konrad*
R425. Monsieur Adrien, *par Franz-Olivier Giesbert*
R426. Palinure de Mexico, *par Fernando Del Paso*
R427. L'Amour du prochain. *par Hugo Claus*
R428. L'Oublié, *par Elie Wiesel*
R429. Temps zéro, *par Italo Calvino*
R430. Les Comptoirs du Sud, *par Philippe Doumenc*
R431. Le Jeu des décapitations, *par Jose Lezama Lima*
R432. Tableaux d'une ex, *par Jean-Luc Benoziglio*
R433. Les Effrois de la glace et des ténèbres
   par Christoph Ransmayr
R434. Paris-Athènes, *par Vassilis Alexakis*
R435. La Porte de Brandebourg, *par Anita Brookner*
R436. Le Jardin à la dérive, *par Ida Fink*
R437. Malina, *par Ingeborg Bachmann*
R438. Moi, laminaire, *par Aimé Césaire*
R439. Histoire d'un idiot racontée par lui-même
   par Félix de Azúa
R440. La Résurrection des morts, *par Scott Spencer*
R441. La Caverne, *par Eugène Zamiatine*
R442. Le Manticore, *par Robertson Davies*
R443. Perdre, *par Pierre Mertens*
R444. La Rébellion, *par Joseph Roth*
R445. D'amour P. Q., *par Jacques Godbout*
R446. Un oiseau brûlé vif, *par Agustin Gomez-Arcos*
R447. Le Blues de Buddy Bolden, *par Michael Ondaatje*
R448. Étrange séduction (Un bonheur de rencontre)
   par Ian McEwan
R449. La Diable, *par Fay Weldon*

R450. L'Envie, *par Iouri Olecha*

R451. La Maison du Mesnil, *par Maurice Genevoix*

R452. La Joyeuse Bande d'Atzavara
par Manuel Vázquez Montalbán

R453. Le Photographe et ses Modèles, *par John Hawkes*

R454. Rendez-vous sur la terre, *par Bertrand Visage*

R455. Les Aventures singulières du soldat Ivan Tchonkine
par Vladimir Voïnovitch

R456. Départements et Territoires d'outre-mort
par Henri Gougaud

R457. Vendredi des douleurs, *par Miguel Angel Asturias*

R458. L'Avortement, *par Richard Brautigan*

R459. Histoire du ciel, *par Jean Cayrol*

R460. Une prière pour Owen, *par John Irving*

R461. L'Orgie, la Neige, *par Patrick Grainville*

R462. Le Tueur et son ombre, *par Herbert Lieberman*

R463. Les Grosses Rêveuses, *par Paul Fournel*

R464. Un week-end dans le Michigan, *par Richard Ford*

R465. Les Marches du palais, *par David Shahar*

R466. Les hommes cruels ne courent pas les rues
par Katherine Pancol

R467. La Vie exagérée de Martín Romaña
par Alfredo Bryce-Echenique

R468. Les Étoiles du Sud, *par Julien Green*

R469. Aventures, *par Italo Calvino*

R470. Jour de silence à Tanger, *par Tahar Ben Jelloun*

R471. Sous le soleil jaguar, *par Italo Calvino*

R472. Les cyprès meurent en Italie, *par Michel del Castillo*

R473. Kilomètre zéro, *par Thomas Sanchez*

R474. Singulières Jeunes Filles, *par Henry James*

R475. Franny et Zooey, *par J. D. Salinger*

R476. Vaulascar, *par Michel Braudeau*

R477. La Vérité sur l'affaire Savolta, *par Eduardo Mendoza*

R478. Les Visiteurs du crépuscule, *par Eric Ambler*

R479. L'Ancienne Comédie, *par Jean-Claude Guillebaud*

R480. La Chasse au lézard, *par William Boyd*

R481. Les Yaquils, *suivi de* Ile déserte, *par Emmanuel Roblès*

R482. Proses éparses, *par Robert Musil*

R483. Le Loum, *par René-Victor Pilhes*

R484. La Fascination de l'étang, *par Virginia Woolf*

R485. Journaux de jeunesse, *par Rainer Maria Rilke*

R486. Tirano Banderas, *par Ramón del Valle-Inclán*
R487. Une trop bruyante solitude, *par Bohumil Hrabal*
R488. En attendant les barbares, *par J. M. Coetzee*
R489. Les Hauts-Quartiers, *par Paul Gadenne*
R490. Je lègue mon âme au diable
       par Germán Castro Caycedo
R491. Le Monde des merveilles, *par Robertson Davies*
R492. Louve basse, *par Denis Roche*
R493. La Couleur du destin
       par Carlo Fruttero et Franco Lucentini
R494. Poupée blonde
       par Patrick Modiano, dessins de Pierre Le-Tan
R495. La Mort de Lohengrin, *par Heinrich Böll*
R496. L'Aïeul, *par Aris Fakinos*
R497. Le Héros des femmes, *par Adolfo Bioy Casares*
R498. 1492. Les Aventures de Juan Cabezón de Castille
       par Homero Aridjis
R499. L'Angoisse du tigre, *par Jean-Marc Roberts*
R500. Les Yeux baissés, *par Tahar Ben Jelloun*
R501. L'Innocent, *par Ian McEwan*
R502. Les Passagers du Roissy-Express
       par François Maspero
R503. Adieu à Berlin, *par Christopher Isherwood*
R504. Remèdes désespérés, *par Thomas Hardy*
R505. Le Larron qui ne croyait pas au ciel
       par Miguel Angel Asturias
R506. Madame de Mauves, *par Henry James*
R507. L'Année de la mort de Ricardo Reis, *par José Saramago*
R508. Abattoir 5, *par Kurt Vonnegut*
R509. Comme je l'entends, *par John Cowper Powys*
R510. Madrapour, *par Robert Merle*
R511. Ménage à quatre, *par Manuel Vázquez Montalbán*
R512. Tremblement de cœur, *par Denise Bombardier*
R513. Monnè, Outrages et Défis, *par Ahmadou Kourouma*
R514. L'Ultime Alliance, *par Pierre Billon*
R515. Le Café des fous, *par Felipe Alfau*
R516. Morphine, *par Mikhaïl Boulgakov*
R517. Le Fou du tzar, *par Jaan Kross*
R518. Wolf et Doris, *par Martin Walser*
R519. La Course au mouton sauvage, *par Haruki Murakami*
R520. Adios Schéhérazade, *par Donald Westlake*

R521. Les Feux du Bengale, *par Amitav Ghosh*
R522. La Spéculation immobilière, *par Italo Calvino*
R523. L'homme qui parlait d'Octavia de Cadix
par Alfredo Bryce-Echenique
R524. V., *par Thomas Pynchon*
R525. Les Anges rebelles, *par Robertson Davies*
R526. Nouveaux Contes de Bustos Domecq
par Jorge Luis Borges et Adolfo Bioy Casares
R527. Josepha, *par Christopher Frank*
R528. L'Amour sorcier, *par Louise Erdrich*
R529. L'Europe mordue par un chien, *par Christophe Donner*
R530. Les hommes qui ont aimé Evelyn Cotton
par Frank Ronan
R531. Agadir, *par Mohammed Khaïr-Eddine*
R532. Brigitta, *par Adalbert Stifter*
R533. Lune de miel et d'or, *par David Shahar*
R534. Histoires de vertige, *par Julien Green*
R535. Voyage en France, *par Henry James*
R536. La Femme de chambre du Titanic, *par Didier Decoin*
R537. Le Grand Partir, *par Henri Gougaud*
R538. La Boîte noire, *par Jean-Luc Benoziglio*
R539. Le Prochain sur la liste, *par Dan Greenburg*
R540. Topkapi, *par Eric Ambler*
R541. Hôtel du lac, *par Anita Brookner*
R542. L'Aimé, *par Axel Gauvin*
R543. Vends maison, où je ne veux plus vivre, *par Bohumil Hrabal*
R544. Enquête sous la neige, *par Michael Malone*
R545. Sérénissime, *par Frédéric Vitoux*
R546. Fleurs de ruine, *par Patrick Modiano*
R547. Les Girls du City-Boum-Boum, *par Vassilis Alexakis*
R548. Les Rives du fleuve Bleu, *par Emmanuel Roblès*
R549. Le Complexe polonais, *par Tadeusz Konwicki*
R550. La Patte du scarabée, *par John Hawkes*
R551. Sale Histoire, *par Eric Ambler*
R552. Le Silence des pierres, *par Michel del Castillo*
R553. Une rencontre en Westphalie, *par Günter Grass*
R554. Ludo & Compagnie, *par Patrick Lapeyre*
R555. Les Calendes grecques, *par Dan Franck*
R556. Chaque homme dans sa nuit, *par Julien Green*
R557. Nous sommes au regret de..., *par Dino Buzzati*
R558. La Bête dans la jungle, *par Henry James*

R559. Nouvelles démesurées, *par Adolfo Bioy Casares*
R560. Sylvie et Bruno, *par Lewis Carroll*
R561. L'Homme de Kiev, *par Bernard Malamud*
R562. Le Brochet, *par Eric Ambler*
R563. Mon valet et moi, *par Hervé Guibert*
R564. Les Européens, *par Henry James*
R565. Le Royaume enchanté de l'amour, *par Max Brod*
R566. Le Fou noir *suivi de* Le poing fermé, *par Arrigo Boito*
R567. La Fin d'une époque, *par Evelyn Waugh*
R568. Franza, *par Ingeborg Bachmann*
R569. Les Noces dans la maison, *par Bohumil Hrabal*
R570. Journal, *par Jean-René Huguenin*
R571. Une saison ardente, *par Richard Ford*
R572. Le Dernier Été des Indiens, *par Robert Lalonde*
R573. Beatus Ille, *par Antonio Muñoz Molina*
R574. Les Révoltés de la « Bounty »
       par Charles Nordhoff et James Norman Hall
R575. L'Expédition, *par Henri Gougaud*
R576. La Loi du capitaine, *par Mike Nicol*
R577. La Séparation, *par Dan Franck*
R578. Voyage autour de mon crâne, *par Frigyes Karinthy*
R579. Monsieur Pinocchio, *par Jean-Marc Roberts*
R580 Les Feux, *par Raymond Carver*
R581. Mémoires d'un vieux crocodile, *par Tennessee Williams*
R582. Patty Diphusa, la Vénus des lavabos
       par Pedro Almodóvar
R583. Le Voyage de Hölderlin en France
       par Jacques-Pierre Amette
R584. Les Noms, *par Don DeLillo*
R585. Le Châle, *par Cynthia Ozick*
R586. Contes d'amour de folie et de mort, *par Horacio Quiroga*
R587. Liberté pour les ours !, *par John Irving*
R588. Mr. Stone, *par V. S. Naipaul*
R589. Loin de la troupe, *par Heinrich Böll*
R590. Dieu et nous seuls pouvons, *par Michel Folco*
R591. La Route de San Giovanni, *par Italo Calvino*
R592. En la forêt de longue attente, *par Hella S. Haasse*
R593. Lewis Percy, *par Anita Brookner*
R594. L'Affaire D., *par Charles Dickens*
       Carlo Fruttero et Franco Lucentini
R595. La Pianiste, *par Elfriede Jelinek*

R596. Un air de famille, *par Michael Ondaatje*
R597. L'Ile enchantée, *par Eduardo Mendoza*
R598. Vineland, *par Thomas Pynchon*
R599. Jolie, la fille !, *par André Dubus*
R600. Le Troisième Mensonge, *par Agota Kristof*
R601. American Psycho, *par Bret Easton Ellis*
R602. Le Déménagement, *par Jean Cayrol*
R603. Arrêt de jeu, *par Dan Kavanagh*
R604. Brazzaville Plage, *par William Boyd*
R605. La Belle Affaire, *par T. C. Boyle*
R606. La Rivière du sixième jour, *par Norman Maclean*
R607. Le Tarbouche, *par Robert Solé*
R608. Leurs mains sont bleues, *par Paul Bowles*
R609. Une femme en soi, *par Michel del Castillo*
R610. Le Parapluie jaune, *par Elsa Lewin*
R611. L'Amateur, *par André Balland*
R612. Le Suspect, *par L. R. Wright*
R613. Le Tueur des abattoirs, *par Manuel Vázquez Montalbán*
R614. Mémoires du Capitán Alonso de Contreras
       par Alonso de Contreras
R615. Colère, *par Patrick Grainville*
R616. Le Livre de John, *par Michel Braudeau*
R617. Faux Pas, *par Michel Rio*
R618. Quelqu'unbis est mort, *par Jean-Luc Benoziglio*
R619. La Vie quelque part, *par Anita Brookner*
R620. Iblis ou la Défroque du serpent, *par Armande Gobry-Valle*
R621. Fin de mission, *par Heinrich Böll*
R622. Les Mains vides, *par Maurice Genevoix*
R623. Un amour de chat, *par Frédéric Vitoux*
R624. Johnny s'en va-t-en guerre, *par Dalton Trumbo*
R625. La Remontée des cendres, *par Tahar Ben Jelloun*
R626. L'Enfant chargé de songes, *par Anne Hébert*
R627. L'Homme sans postérité, *par Adalbert Stifter*
R628. La Terre et le Sang, *par Mouloud Feraoun*
R629. Le Cimetière des fous, *par Dan Franck*
R630. Cytomégalovirus, *par Hervé Guibert*
R631. La Maison Pouchkine, *par Andreï Bitov*
R632. La Mémoire brûlée, *par Jean-Noël Pancrazi*
R633. Le taxi mène l'enquête, *par Sam Reaves*
R634. Les Sept Fous, *par Roberto Arlt*
R635. La Colline rouge, *par France Huser*

R636. Les Athlètes dans leur tête, *par Paul Fournel*
R637. San Camilo 1936, *par Camilo José Cela*
R638. Galíndez, *par Manuel Vázquez Montalbán*
R639. China Lake, *par Anthony Hyde*
R640. Tlacuilo, *par Michel Rio*
R641. L'Élève, *par Henry James*
R642. Aden, *par Anne-Marie Garat*
R643. L'Ange aveugle, *par Tahar Ben Jelloun*
R644. Dis-moi qui tuer, *par V. S. Naipaul*
R645. L'Arbre d'amour et de sagesse, *par Henri Gougaud*
R646. L'Étrange Histoire de Sir Hugo et de son valet Fletge
      par Patrick McGrath
R647. L'Herbe des ruines, *par Emmanuel Roblès*
R648. La Première Femme, *par Nedim Gürsel*
R649. Les Exclus, *par Elfriede Jelinek*
R650. Providence, *par Anita Brookner*
R651. Les Nouvelles Mille et Une Nuits, vol. 1
      par Robert Louis Stevenson
R652. Les Nouvelles Mille et Une Nuits, vol. 2
      par Robert Louis Stevenson
R653. Les Nouvelles Mille et Une Nuits, vol. 3
      par Robert Louis Stevenson
R654. 1492. Mémoires du Nouveau Monde, *par Homero Aridjis*
R655. Lettres à Doubenka, *par Bohumil Hrabal*
R656. Le Vieux qui lisait des romans d'amour, *par Luis Sepúlveda*
R657. Cassandra, *par John Hawkes*
R658. La Fin des temps, *par Haruki Murakami*
R659. Mémoires d'un nomade, *par Paul Bowles*
R660. La Femme du boucher, *par Li Ang*
R661. Anaconda, *par Horacio Quiroga*
R662. Le Polygone étoilé, *par Kateb Yacine*
R663. Je ferai comme si je n'étais pas là, *par Christopher Frank*
R664. Le Divin Enfant, *par Pascal Bruckner*
R665. Un homme remarquable, *par Robertson Davies*
R666. Une sécheresse à Paris, *par Alain Chany*
R667. Charles et Camille, *par Frédéric Vitoux*
R668. Les Quatre Fils du Dr March, *par Brigitte Aubert*
R669. 33 Jours, *par Léon Werth*
R670. La Mort à Veracruz, *par Héctor Aguilar Camín*
R671. Le Bâtard de Palerme, *par Luigi Natoli*
R672. L'Ile du lézard vert, *par Eduardo Manet*